「サンダー・アロー！」
雷でできた矢を
イメージしてそれを振りおろーす！
ドオオオオオオオンという音と共に
無数の雷の矢がスライムに降り注いだ。
光と音の乱舞に、
目も耳もおかしくなってしまいそう。
アルゴ・オーウェン
アマンダ・ルージュ

本来の私のものよりも、
ずっとずっと小さな手。
キャラクターそのままの、
小さな手。
なんで……。
なんで私、
ちびっこに
なっちゃってる
のおおおおお!!
ちびっこ賢者、Lv.1から異世界でがんばります!
The Small Sage Will Try Her Best In The Different World From Lv.1!
ユーリ・クジョウ

The Small Sage
Will Try Her Best
In The Different
World From Lv.1!

ちびっこ賢者、Lv.1から異世界でがんばります!

彩戸ゆめ　ill.竹花ノート

CONTENTS

［イラスト　竹花ノート］

プロローグ

やっと念願の賢者になった！

The Small Sage Will Try Her Best in The Different World From Lv.1!

やったー！

苦節三年弱、ついに念願の賢者《けんじゃ》になりました！

はぁぁぁぁ。長かったなぁ。

私、九条悠里《くじょうゆうり》がこのフルダイブ型VRゲームであるエリュシアオンラインを始めたのは、今から三年前でまだ高校生だった時のことだ。

フルダイブ型VRゲームっていうのは、いわゆるバーチャルリアリティーゲームの中でも、ヘッドギアを装着して脳とPCを電気信号で直接繋《つな》ぐネットゲームのことを言う。

エリュシアオンラインは日本の有名ゲームメーカーの作品で、グラフィックにもストーリーにも定評があり、世界で最もユーザーの多いゲームとして知られている。

ただフルダイブ型のゲームは子供の脳には良くないということで、十六歳未満はプレイできない。

私も発売当初はそんなに興味はなかったんだけど、十六歳の誕生日に親戚《しんせき》の叔母さんからプレゼントされたのがきっかけでプレイするようになったんだよね。

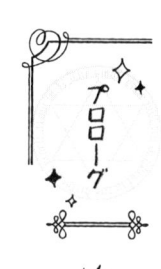

でもカトリック系の私立女子一貫校に通ってたから、周りでフルダイブ型のネットゲームをやってる人なんて誰もいなくて……。

始めたはいいけど、どこへ行けばいいのかも、何をすればいいのかも分からずに右往左往してさまよっちゃってた。

だって最初にゲームを始めた時に、近くにNPC、つまりノンプレイヤーキャラクターと呼ばれるお助けキャラがいなかったんだもん。仕方ないよね？

今なら、あの時すぐ右を向けば少し離れた場所にいたんだって分かるんだけど、その時は知らなかったから、思いっきり左を向いちゃって……。

だって、ゲームの中の景色が凄《すご》く綺麗《きれい》で、道の脇に咲いているお花も凄く可愛《かわい》くてまるで本物みたいで、空の色も見たことがないほど綺麗な青で。……だから、ついつい目移りしちゃって歩き回ってたら自分がどこにいるのか分からなくなってしまったってわけ。

普通は途中でモンスターにやられて、最初のNPCの真横で生き返るらしいんだけど、なぜか、そのままどんどん先に進めちゃって……。

うん。当然、そのまま迷子になりました。

ひとりぼっちで、どうすればいいんだろうって途方にくれて草原をさまよってた時。

いきなり初心者キラーと呼ばれる、低レベル帯にたまに現れる樹木型のレイドボスに遭遇《そうぐう》して死にそうになってしまった。もしもあの時、そのままレイドボスにやられちゃってたら、ゲームをくれた叔母さんには悪いけど、きっとそこでゲームを終了してしまったと思う。

プロローグ ▶▶▶ やっと念願の賢者になった！

だけど、そこにヒーローが現れたの！

突然パーティーの申請が来て、訳が分からないまま『はい』を選ぶと、私の後ろからエルフのお姉さまが凄い勢いで弓での攻撃を始めて、もう一人の大男の剣士は大きな両手剣で迫ってくる枝をバッサバッサと斬り倒し、あっという間にレイドボスを倒してしまった。

そのエルフのお姉さまの名前はセシリアさん。中の人は、私と同じくらいの娘さんを持つお父さんだったから、娘が困ってるみたいで放っておけなかったんだって。

セシリアさんは、ゲーム初心者の私に色々と教えてくれた。クエストの受け方から始まって、職業の特徴に装備の選び方――セシリアさんは、まぎれもなく私のヒーローだった。

そしてそのままセシリアさんがマスターを務めるギルドに所属するようになったの。

実は初対面の時に一緒に助けてくれた剣士のエイジの中身が、セシリアさんの娘だって知った時にはびっくりしたけど、年齢《ねんれい》が近かったからすぐに仲良くなって。

毎日が本当に楽しくて、あっという間に時間が過ぎていった。

剣と魔法の世界だからやっぱり魔法使いだよね、なんて安易な考えで魔法使いを選んだ私は、勉強の合間にギルドの皆さんの助けもあって何とか魔法使いをLv.99にした。

このゲーム、Lv.99になると他の職にも転職できるようになるんだよね。それで次の職はギルドで不足している神官を選んだ。

そんな風にがんばって神官職のレベルを上げている途中、なんと大型アップデートで「上級職」と呼ばれる職業が追加されたの！

特定の職業を二つＬｖ.99に上げると解放される職業で、職業解放クエストをクリアするとその職業に転職することができるんだって。

その時点で私が選べる上級職は、魔法使いと神官のレベルをどちらも99にすると選べる《賢者》だったけど、これが凄いの。

攻撃魔法と回復魔法の両方を使えるんだよ？　絶対に《賢者》を目指すしかないよね。

それに魔法職は基本的に杖しか装備できないんだけど、賢者はなんと剣も装備できるというオールマイティーな職なのである。

そしてついに……ついに！

受験があったりしたからレベル上げをするのはちょっと大変だったけど、それでも何とか神官のレベルも99にして、やっと上級職の転職クエストをクリアして、念願の賢者になったのです！

「やったぁ！　これで憧《あこが》れのＡボタン連打でレベル上げができる〜！」

職業解放クエストは、ソロでその職業のマスターを倒してクリアしないといけないから、私は一人でぴょんぴょん飛び跳ねて喜んだ。

転職すると確かにレベルは１に戻ってしまうけど、Ｌｖ.99まで上げて獲得した力とか魔力などのステータスは、そのまま引き継いでくれる。

そこで、剣さえ装備できれば転職したばっかりのＬｖ.１の賢者でも、Ａボタンで《攻撃》だけ選んでおくと勝手にスライムなんかの弱いモンスターを倒してくれるのだ。アイテムも自動

プロローグ ▶▶▶ やっと念願の賢者になった！

取得にしておけば、取り忘れることもない。

うん。この喜びを扉の向こうで待ってるギルドの皆さんに伝えた〜い！

賢者の塔はパーティーで攻略できるんだけど、転職クエストだけはソロでクリアしないといけないから、お手伝いしてくれたギルドの皆は扉の外で待機してくれてるんだよね。

もちろんギルドチャットで報告することもできるけど、ここまでついてきてくれたセシリアさんたちに、直接お礼を言いたい。

あ、その前に記念写真を撮《と》らないと！

「じゃあ、いつもの白猫ローブに着替えようっと」

ボスを倒した時は、記念に必ずこの白猫ローブを装備して写真を撮るのが大好きなの！

フィールドにたまに現れる白猫のＮＰＣから買える装備で防御力はほぼゼロなんだけど、白いフワモコのフードに猫耳がついていて、凄く気に入ってるの。

お揃いの猫の顔ポシェットはどうしようかな。

うん。やっぱりこれも肩にかけようっと。

「エリー、写真を撮りたい」

そう言うと、空中にカメラが現れる。そして左下にカメラに映ったキャラの姿が映し出される。

銀色の髪に紫の瞳。白猫のローブを着たちょっと幼い少女は、ランダムでキャラメイクしたら最初に出て来た姿なんだけど、一目見て気に入ったからそのまま使っている。

実物よりちびっこだけど、精神年齢的に問題ないってギルドの皆には言われてて……。

むー。ちょっとひどいよね。自分ではそんなことないと思うんだけどなっ。

「う～ん。どのアングルがいいかなぁ」

転職クエストをクリアすると、その職業の紋章《もんしょう》がドロップする。それを装着してクエスト終了を宣言すれば完了だ。

賢者の紋章は、剣と杖がクロスした意匠で、チョーカーの形になっている。

うん。結構おしゃれ。

「後で皆に見せびらかすから、紋章がはっきり見えるポーズを取らなくちゃね。……う～ん、こんな感じかなぁ。……っと。ＯＫ。これでいいかな。はい、チーズ」

カシャリ、と、写真を撮る音が聞こえる。

さて、どうかなぁ。オッケー。可愛く撮れてる。

後で皆に見せよう！

っと、その前にクエストをちゃんと終わらせないと……。

「転職クエスト完了しました」

私の声に、ナビゲーターでもある『エリー』が答える。エリュシアオンラインのナビゲーターだからエリーって、ちょっと安直すぎないかなぁ。

『おめでとうございます。あなたは賢者に転職しました。Lv.1から始めることになりますが、よろしいですか？』

プロローグ ▶▶▶ やっと念願の賢者になった！

「はい！」

もちろんここは『はい』しかないよね。

『あなたはこれから賢者となります。賢者にふさわしい礼節と威厳《いげん》をもって冒険してください』

礼節をもって冒険だって。そんなこと、初めて言われた。さすが賢者だ。

《これから真のエリュシアに行きますがよろしいですか？》

ほお。上級職になると新しいＭＡＰに行くんだね。知らなかったなぁ。

私は基本的に攻略サイトを見ないでゲームをする派だから、初めてのメッセージに胸がワクワクする。

ここでも迷わず『はい』を選んで。

《データ転送完了。それではあなたの新しい冒険をお楽しみください》

ナビゲーターの言葉と共に、いきなり眩《まぶ》しいほどの光が視界を襲《おそ》った。赤、青、緑——七色の光の洪水に飲まれて……。

「な、なに？　どうしたの!?」

その後の記憶は、ない。

第一章

新たなクエスト

The Small Sage Will Try Her Best In The Different World From Lv.1!

《一日目、神は大地に溢《あふ》れる光から妖精族《ようせいぞく》をお創りになった》
《二日目、神は大地に咲く美しい花からエルフ族をお創りになった》
《三日目、神は大地に輝く石からドワーフ族をお創りになった》
《四日目、神は大地を駆ける獣から獣人族をお創りになった》
《五日目、神は大地の豊かな恵みを持つ土から人族をお創りになった》
《六日目、エルフ族とドワーフ族と獣人族と人族が大地の覇権を争った。その時に大地に流れた血から魔族が生まれた》
《七日目、神は大地を巡って争う者たちの姿を見て嘆《なげ》いた。その涙のしずくが大地に落ちて川になり森ができ、そこから魔物が生まれた》
《～創世記より～》

ああ、これってエリュシアオンラインのオープニングムービーだ。各種族が順番に現れてポーズを取るんだけど、凄《すご》く素敵なんだよね。

今でもゲームにログインしてる時に放置してるとこの映像が見られるから、わざとそのままにしちゃうこともあるの。それくらい好き。

ああ、そっか。真のエリュシアに来たから、また新たなフィールドが始まるってことで、もう一度オープニングムービーが流れてるのかも。

ふと、何かが頰《ほお》を撫でているような感触がした。いつのまにか閉じていた目を開くと、目に入ったのは一面の青。

あれぇ？　さっきまで賢者《けんじゃ》の塔の中にいたのに……。

ゆっくりと流れていく雲に、ここは外なのかなぁとぼんやり思う。頰を撫でていたのは、傍らに生えている草だったみたい。

気が付いたら、何だか草むらみたいなところに仰向けで寝ていた。

草の丈はそんなに高くなくて、体を隠すほどではない。

あ……。これってもしかして、転職クエストの続きかなぁ。

クエストの中には連続クエストっていうのがあって、最初のクエストをクリアすると、すぐ次のクエストが強制的に始まるものがある。多分、今やってるこのクエストもそれなんじゃないかな。

ということは、転職クエストの続きだから、これから賢者の職業のチュートリアルみたいなものが始まるのかもしれない。

私は少しずつ体を起こして周囲を見回す。

第一章 ▶▶▶ 新たなクエスト

お尻の下にはさわさわと揺《ゆ》れる新緑の草。見上げれば絵に描いたような雲が浮かぶ真っ青な空。そして小高い丘から見下ろした先にある、うっそうと茂った森。

視線をめぐらせば、森に沿って灰色の道らしきものが真っすぐ伸びている。

道……ってことは、とりあえずこの近くに人が住んでるのかな。これがクエストの続きだとすると、あの道を進まないといけないってことだよね。

えーっと、じゃあまずは騎乗ペットを出さなくちゃ。

「エリー、騎乗ペットを出して」

いつものように、ナビゲーターのエリーに頼む。でも何も出てこなかった。

「エリー？」

あれ？　どうしたんだろう。

「あっ。もしかして騎乗ペット不可のエリアかな」

建物の外なら大体どこでも騎乗ペットに乗ることができるけど、イベントが起きるクエストを受けている場合、特定のエリアでは騎乗ペットを使えなくなる。

まあ、騎乗ペットに乗ってすぐどこかに行っちゃったら、イベントが始まらないからなんだけどね。

「そうすると、歩くしかないのかなぁ」

立ち上がってもう一度周囲を見回すと、灰色の道以外に道はない。

「エリー。マップを見せて」

周辺の地図を見ようと思ったけど、全く反応がない。

「えぇぇぇぇ。マップも見られないの～？」

せめて近くに村か町がないか確認したかったのに……。

う～ん。やっぱりこれは特殊クエストっぽいなぁ。

「とりあえずセシリアさんには連続クエストだったって報告しよう。扉の前でずっと待ってるかもしれないしね。……エリー。ギルドチャットをしたい」

でも、エリーはまたもや反応しなかった。

「おかしいなぁ。……あ、でもエイジも何かのクエストをやった時、チャットが使えなくなったって言ってたっけ」

よくフレンドチャットで話をするんだけど、確かちょっと前にそんなことを言っていた気がする。

「じゃあこれもそういうクエストかなぁ。ということは、やっぱりあの道を歩かないといけないってことよね？」

どう見ても、他に進めそうな道はないしね。

私はよいしょ、っと立ち上がって、道へ向かって歩き始める。

でも思ったよりも灰色の道は遠かった。段々と疲れてきて、足が重くなる。体が小さくて足の長さも違うから、それで思ったより疲れてるのかもしれない。

でも……。あれ？　このゲームに疲労度なんてあったっけ？

第一章 ▶▶▶ 新たなクエスト

長時間のプレイを防ぐために、キャラクターに疲労度を感じさせるゲームがあるのは聞いたことがある。でもそれは不評だからってことで、エリュシアオンラインでは眠くなるだけのはず。

アップデートしたわけでもないのに、システムの変更なんてあるのかな……。

う～ん。

……考えても仕方ないかぁ。

「とりあえず歩こう」

やっと灰色の道につくと、遠くに土煙が上がるのが見えた。

ぜーはー。

や、やっぱりクエストだったぁ。

灰色の道までくると強制クエストが始まるタイプなんだね。じゃあここで待ってればクエストが始まるかな。

ワクワクしながら土煙の方を見る。

灰色の道から立ち上る土煙は、だんだんこっちへ近づいてきていた。

よく見ると馬に人が騎乗しているらしい。それも団体さんで。

じーっと見つめていると、その人たちは一度立ち止まってからまたこっちへ向かって走り出した。

立ち止まって待っていると、彼らは私から少し離れたところで止まった。

「なぜこんな所に子供がいる？」

先頭の人が私を指さして言う。

おお、なんて素敵な声。

逆光で顔がよく見えないけど、この声からするときっと美形キャラだよね。最近見たアニメの主役のものに似ているかも。

もしかしてその声優さんが声を当てているのかなぁ。そういえば、あのアニメ、次が最終回だっけ。無事に銀河帝国を統一できるといいけど、どうなるんだろう。

「そこの子供。親はどうした」

そう聞かれて私は首を傾《かし》げた。ここはなんて答えるのが正解なんだろう。やっぱり無難《ぶなん》に「迷子になりました」かな。

うーんと悩んでいると、声をかけてきた人が隣にいる人と何やら話し始める。

「自分の名前は言えるのか？」

「九条悠里《くじょうゆうり》です」

「クジョユーリか……名前だけではどこの者か分からぬな」

クジョユーリって……そんなの私だってどこの国の名前か分かりませんよ。もっとちゃんと発音してください。

「クジョユーリじゃなくて、くじょう・ゆうりです！」

「カメイモチか!?」

驚いたように言われるけど、名前が特殊なんだろうか？

……っていうか、餅《もち》？

「だがユーリというカメイに聞き覚えはないな。アルゴ、お前は？」

「いえ、僕もありません」

隣にいる人の声も、素晴らしく素敵だ。この人も美形キャラっぽいなぁ。

「悠里は名前のほうです。それで九条が、えーと、ファミリーネームになりますね」

「ふむ……だが聞いたことのない家名だな。どこから来た？　親はこの場所に戻って来るのか？」

えーっと、ここは何て答えるのが正解なんだろう？　強制クエストだとしたら正しい答えを言うまで質問が繰り返されるから、適当でいいかな。

「分かりません」

「もしかして、記憶がないのか？」

「えーっと、気がついたらここにいました」

「どういうことだ」

会話が続いてるってことは、この答えで正解だったたってことだよね。良かった。

そうだ。賢者になるクエストの続きだとしたら、チョーカーについている賢者の紋章《もんしょう》を見せればいいんじゃないかな。

「賢者になったらここに来たんです。これが紋章です」

「その紋章は……」

なんだか声色が変わった。

うん。やっぱりこれで良いみたい。クエストが進みそうな予感。

「……とりあえず、一緒に来てもらおうか。保護者もいないようだし、家名持ちの子供をこのままにしておくこともできない」

ああ、カメイモチって苗字を持ってる人って意味なんだ。お餅じゃなかった。

というか、今までエリュシアオンラインで苗字を持ってる人なんていたかなぁ？　王様ですら、アレス国王とかそんな名前だったような気がするんだけど。

「そうですね。どうしましょう」

アルゴと呼ばれた人が答えると、目の前の人が指示を出した。

「とりあえず砦《とりで》に連れて行こう。保護者がどこかにいるとしても、ここから一番近いのはイゼル砦だ。理由があって離れているだけだというなら、砦まで捜しに来るだろう。アルゴ、その子を乗せてやれ」

最初の美声さんがそう言うと、アルゴさんっていう人が馬を下りて私のところまで来る。茶色の髪に優しそうな水色の瞳をした、想像していた通りの美形キャラだった。そして青みがかった鎧《よろい》を着ている。

騎士か兵士ってところだろうけど、物腰に気品があるから、なんとなく騎士っぽいような気がするなぁ。

「こんにちは」

アルゴさんは中腰になって私と目を合わせる。

まるで本当の子供にするみたいな態度だなぁと思いながら、私も返事をする。

「こんにちは」

ペコリと頭を下げると水色の瞳が優しく細められた。

「馬には乗れる？」

そう聞かれて考える。

どうだろう。課金で買った騎乗ペットは有翼《ゆうよく》のユニコーンだったんだけど、あれも馬みたいなものかなぁ。

同じく羽の生えたペガサスとの違いは二人乗りできるかどうか、だ。ペガサスは大きくて二人乗りとか三人乗りができるんだけど、ユニコーンはちょっと小型で一人しか騎乗できなかったから、あんまり人気がない騎乗ペットだったんだよね。

ただ、その分安かったし、ちびっこキャラにはピッタリだったから選んだんだけど。

「まだ小さいから一人で乗るのは無理だよね。じゃあ、ちょっとごめんね」

私が考えこんでいるのを、馬に乗れなくて恥ずかしがっていると勘違いしたらしきアルゴさんは、そう言って片手で私を抱き上げる。

うわぁ。思ったよりも力持ちだ。

そしてそのまま馬の手綱《たづな》を握って、ひょいと馬にまたがる。

えええええ!?

私を抱えたまま、こんなに簡単に馬に乗れちゃうの?

あわあわしていると、私の後ろに乗ったアルゴさんがクスリと笑う声が聞こえた。

う……。ちょ、ちょっと子供っぽかったかな。でも今の私は子供だし、問題ないような気もするし……。

「大丈夫? 大人《おとな》しい馬だから暴れないよ」

「は、はい」

鞍についている持ち手のような所をつかんで、ついキョロキョロと辺りを見回してしまう。

おお~。視界が高い!

と、そこで最初に私に話しかけてきた美声さんの顔を正面から見ることができた。

う、うわぁ……。ゲームのキャラだってことを考えても、怖いくらい整った顔をしてるなぁ。

ゆるくウェーブのかかった黄金色《おうごんいろ》の髪。上質なエメラルドのような切れ長の緑の瞳。スッと通った鼻筋に薄《うす》い唇《くちびる》。

ゲームの中で、NPCに限らずプレイヤーでも美形って呼ばれる人たちはたくさんいたけど、この人の場合はなんて言うんだろう。覇気《はき》みたいなものが内面からにじみ出ていて、それもあって圧倒されてしまう。

しかもこれだけ美形なのに、女々しさが一切なくて、どちらかというと男らしい。さらに言えば、男の色気みたいなのも漂ってきてる気がする。

ここまで完璧な美形のＮＰＣって初めて見た。

それにしても、こんな美形だったら、一度くらいギルドで話題になっててもおかしくないのに、今まで聞いたことがないな……と、そこまで考えて、そういえばギルドで賢者に転職した人たちって、ギルドチャットでは挨拶《あいさつ》しかしない人がほとんどだったかもしれないと思い出した。

もしかしたら攻略掲示板とかでは話題に出てたのかもしれないけど、私はそういうのは見ないようにしてるから知らなかっただけかも。

現実世界でこんな人が目の前にいたら凄く緊張しちゃうけど、ゲームの中だし、相手はＮＰＣだからちょっと気が楽かな。

「巡回は中止だ。砦に戻るぞ！」

金髪《きんぱつ》の美形さんはチラッと私を見ると、そのまま方向転換して来た道を戻る。

「ユーリちゃん、だっけ？」

「はい」

上から降ってきた言葉に見上げると、優しい水色の瞳が私を見下ろしていた。

「これから動くから、ちゃんとつかまっててね」

「はい」

アルゴさんは一応私を左手でホールドしてくれているけど、それでもしっかり鞍につかまってないと馬から落ちる可能性があるよね。気をつけます！

「うん。いい子だ」

私がしっかり前を向くと、アルゴさんはゆっくりと馬を走らせた。

よし。これでクエストはバッチリかな。早くクリアして皆に報告しないと！

第二章

本当にゲームの世界なの？

「ユーリちゃんはどこの国から来たのかな？」

「日本です」

「ニホン……聞いたことがないなぁ」

下から見上げると、私を見下ろすアルゴさんと目が合った。水色の目は優しそうで、凄《すご》く安心感がある。

「海に囲まれた島国です。四季があって過ごしやすいですよ」

なんて、ゲームの中の人に言っても仕方がないような気がするけど、気分気分。

プレイヤーの中にはしょせんＮＰＣだから適当に聞き流せばいいんだって言う人もいるけど、私はこういう会話も楽しみたいからきちんと答えるようにしている。

たまに変わった返事をもらうこともあって、なかなか楽しい。

「シキ……？」

「はい。春夏秋冬があります。春には桜が咲いて、夏にはプール行って、秋には焼き芋食べて、冬には雪だるまを作るんです」

The Small Sage Will Try Her Best In The Different World From Lv.1!

第二章 ▶▶▶ 本当にゲームの世界なの？

エリュシアオンラインはゲームの世界だから、種族に合わせてその国の季節が決まっていて、四季というものがない。それぞれ、妖精《ようせい》とエルフが春、人族が春から夏、獣人が夏、ドワーフが秋、そして魔族が冬となっている。

だからこのアレス王国で雪が降ることはない。

「それは……楽しそうだね」

「はいっ」

なんだか分かっていないみたいだったけど、これ以上の説明はしなくていいよね。

しばらく進むと前方に大きなお城のようなものが見えた。あそこに行けばクエストがまた進むのかな。

でも……。

なんだかちょっと怖い。

なんていうか感覚がリアルなんだよね。どう表現していいか分からないけど、妙に現実感があるというか……。

確かにバーチャルリアリティを売りにしているゲームだから、プレイしているとその場にいるように感じられるんだけど、だけどＮＰＣとの会話ってこんなにスムーズだったかなぁ。

それとアルゴさんのまなざしが優しすぎるというか……。ゲームをプレイしてた時は、こんな風に目に感情なんて浮かんでなかった。

もしかしたら、私が知らない内にゲームのデータがアップデートされていたとか……。でもそれだったら公式のアナウンスがあるはずだよね。ゲームにインした時に『お知らせ』っていう表示がポップするから、すぐ分かる。

で、でも、現実でこんなハリウッドスターとかモデルよりもかっこいい人なんて見たことないし、これはゲームの中でいいんだよね……？

そんなことを考えているうちに、目の前に、ヨーロッパあたりにありそうな、小ぶりなお城が見えてきた。

周りを石の壁で囲まれていて、中央には塔が見える。

「あれがイゼル砦《とりで》だよ。聞いたことはあるかい？」

アルゴさんに尋ねられて、首をふるふると振る。

「そうか。……詳しいことは、砦に着いてから聞こうね」

城壁の周りにはお堀があって、そこには水がたくわえられていた。建物の中に入るには橋を渡らないといけないけど、跳ね橋になっていて今は上に上がっているから、通れそうにない。

しっかり防衛してる感じだなぁ。……エリュシアオンラインでは国同士の対立とかはなかったから、魔物対策なのかな。

「開門！　開門！」

先頭の人が声をかけると、城壁の小窓から男の人が顔を出して頷《うなず》いた。

するとギギギギと音を立てて、跳ね橋が下りてくる。

やがてドシーンと大きな音を立てて、イゼル砦への道が繋《つな》がった。城壁の中に入ると、そこにはまた堀があって壁があった。二重の防壁になっているらしい。

砦の中へ入るとすぐに階段があった。騎乗したまま進める道は、まるで迷路のようになっている。二股に分かれた道が何度も出てきて、どこから来たのか、どう進めばいいのかも分からない。

馬に乗ったまま、一列になって進むと、やっと開けた場所に着いた。

そこはちょっとした広場のようになっていて、私たちが到着すると、わらわらと人が集まってくる。

「アルゴ。その子と一緒に執務室で待っていてくれ」

「はい、団長」

……団長、ということは、ここは何かの団の本拠地ってことかな。一番ありそうなのはナントカ騎士団の本拠地だけど。

乗る時と同じく、私を抱えたままのアルゴさんがひらりと馬から下りる。

トンッ、と地面に足がついて、確かな振動が足先に伝わる。

——ここまで、感覚がリアルだったかな……。

でも……ここはゲームの中だよね……?

「じゃあユーリちゃん、こっちにおいでね」

アルゴさんに手を引かれた私は、胸の奥にかすかに生まれた不安を押し殺しながら足を動かす。

広場の向こうには大きな建物が一つと、両脇にそれよりも少し小さい建物が、そして一番右には塔が立っていた。

あ、あの塔、さっき見た。

遠くから見ても大きかったけど、近くでみるとかなりの大きさなのが分かる。塔のてっぺんにはいくつもの窓がついていて、そこから遠くを見られるようになっているようだ。

やっぱり、ここって何かの軍事施設っぽいなぁ。イゼル砦なんていう名前は聞いたことがないけど、何かと戦うための最前線って感じだろうか。

戦うのは、魔物……だよね？　それ以外となると……。

「さあ、こっちだよ」

アルゴさんは真ん中にある大きな建物へと向かっていく。そして、重厚な扉の前の両側に立つ騎士のような人に挨拶《あいさつ》をした。

それから手を鍵にあたる部分に当てると、重そうな扉がゆっくりと開く。

このゲーム、扉を開けるのはこんな感じで自動だから楽でいいよね。うちのドアも自動で開けばいいのになぁ。雨の日とか、傘とバッグ持っててドアを開けるのって、本当に大変なんだもん。

キョロキョロしながらアルゴさんの後をついていく。

中に入るとまず目に入ったのは中央の大きな階段だ。途中で左右に分かれ、手前へと伸びている。階段下の左右には扉があって、部屋になっているようだ。

第二章 ▶▶▶ 本当にゲームの世界なの？

アルゴさんは階段を右に曲がって二階へと上がる。いくつかの部屋を通り過ぎると、ちょっと立派そうな扉を開いた。

中に入ると、大きな机がまず目に入る。そして積み重なっている、書類らしき紙の束。

「さあ、じゃあここに座って。えーと、何か飲み物でもあったほうがいいかな。ちょっと待っててくれるかな」

壁際にある赤いソファの上にすら置かれていた書類をどかして私が座る場所を作ってくれたアルゴさんは、机の上に置いてあるベルを鳴らした。

するとしばらくして誰かがドアをノックした。アルゴさんが入室の許可をすると、こげ茶の髪で、顔中髭《ひげ》だらけの男の人が部屋に入ってくる。まるで森の熊さんみたいな人だ。

「お呼びですか、副団長」

「ああ、うん。ちょっとこの子にね、子供でも飲めるようなものを持ってきて欲しいんだ。えぇっと……ユーリちゃん、飲めないものはあるかい？」

聞かれて首を傾《かし》げる。

ゲームの中で出てくる飲み物って何があったっけ？

ポーション……は、飲み物じゃないよね、きっと。

オレンジジュースって言ったら、通じるのかな……？

「とりあえずルコのジュースでいいかな。ゲオルグ、頼むよ」

「了解しました」

ゲオルグと呼ばれた熊さんが立ち去ると、アルゴさんが私の隣に座った。

「さて、と。う〜ん。何から聞けばいいんだろうね……」

眉を下げてそう言うアルゴさんに、私は恐る恐る聞いてみることにした。

「あの……ここってなんていう名前のところですか？」

「イゼル砦というんだけど……聞いたことはないかな？」

「はい……」

「魔《ま》の森《もり》のすぐ隣にある砦だから知らない人はいないと思っていたけど……ユーリちゃん、さっきも聞いたけど君はこの国の人間じゃないね？」

「はい。あと、冒険者です」

ゲームでも何度もやった受け答えだ。

なのに、アルゴさんは目を見開いて驚いていた。

「君が冒険者だって？　こんなに小さいのに!?」

あ、あれ？

ここは「そうか、冒険者なんだね」って納得するところじゃないの？　どうしてそんなに驚いているんだろう。

「冒険者ギルドのタグは持っているかい？」

なにそれ？　冒険者のタグなんて初めて聞いたよ。

首を振ると、アルゴさんは考え込むように額に手を当てていた。

「えーっと、ユーリちゃんはニホンっていう国から来たんだよね？」

「はい」

「ここはアレス王国っていうんだけど、それは知ってる？」

「あ、はい。知ってます」

ここ、エリュシア大陸には六つの国がある。アレス王国はそのうちの一つで、人族が住む国だ。

他に獣人の住むウルグ獣王国、ドワーフの住むドワーフ共和国、魔族の住む魔皇国、エルフの住む名もなき国、妖精の住むノブルヘルムがある。

「ニホンからアレス王国へは、どうやって来たんだい？」

「どうやって……？」

どうやって来たんだって言われても……ヘッドギアをかぶってログインしましたって言えばいいの？

こんなこと聞かれるのなんて初めてで、何て答えたらいいのか分からないよ。

え〜ん。こんな時こそ、ギルドチャットでセシリアさんかエイジに助けて欲しいのに。

もし間違った答えを返したら、また転職クエストを最初からやり直さないといけないなんてことはないよね!?

また賢者《けんじゃ》マスターと戦って勝つのなんて、無理ゲーなんですけどぉ。勘弁してくださ〜い。

「えっ。ちょっと待って待って。もしかして名前と自分の国の名前しか覚えてないってことかい？　いや。仮にそうだとしても、こんなに小さな子が自分のことを冒険者だなんて言うのはおかしい。……そうか。ひょっとして両親が冒険者だから、自分も冒険者だって言ってるのかな。だとしたら、どうして親が一緒にいないんだ？　置き去り……にしては、様子がおかしい。第一、あんな場所に置き去りにすることなんて……」

アルゴさんが何かを言いかけた時、いきなり扉がバーンと開いて、真っ赤な髪と目をしたゴージャスとしか言いようのない美人さんが現れた。スタイルも抜群で、赤い騎士のような服がとてもよく似合っている。

「アルゴ！　団長の隠し子ってその子？」

「……アマンダ。いきなり何を言ってるんだ」

「いや～ん。すっごく、可愛《かわい》いじゃないの。まったくもう、団長ったら女に興味ありませんなんて顔しちゃって、しっかりこんな可愛い子供を作ってたのね！　ねね、お嬢《じょう》ちゃん、年は今おいくつ？　お名前は？　お母さんはどうしたの？」

矢継ぎ早に聞かれて、圧倒されてしまう。後ろに逃げようとしても、ソファに阻《はば》まれてこれ以上後ろに下がれない。

「アマンダ……。どこから団長の隠し子だなんて話が出たんだ」

「あら。だって団長がわざわざ連れて来たんでしょう？　ただの子供をこんな最前線の砦に連れてくるなんてあり得ないもの。それにこんなに綺麗《きれい》な子、団長の子供としか考えられないわ」

私のキャラデザはランダムで出てきたままでほぼデフォルトだから、さっきの団長さんとかアマンダさんの方が綺麗だと思うんだけどなぁ。

「その短絡的に考える癖《くせ》を直せと、何度言えば分かるんだ……」

頭が痛いとこめかみに手を当てるアルゴさんに、アマンダさんは長いまつ毛を揺《ゆ》らして目を瞬いた。

「……違うの？」

「違うね」

速攻で否定するアルゴさんに、アマンダさんは頬《ほお》をふくらませた。

「えー。あの氷の団長にやっと春が来たかと思ったのに～」

「――誰が氷だ」

冷たい声が入り口の方からかけられる。

そこには、氷の団長っていう呼び名に納得してしまうほど、機嫌を氷点下にまで下げてる人がいた。

「団長」

そこに、アルゴさんが声をかける。

団長さんは冷たい瞳をアルゴさんに向けて、それから隣の私にも向けた。

ひぃいいいいい。

こ、怖い……。

カチンコチンに固まった私を見た団長さんは、困ったような表情をした――ような気がする。

あんまり表情が変わらないから、なんとなくそう思っただけだけど。

「えっ。やっぱり態度違わない？　本当に隠し子じゃないの？」

でもその緩《ゆる》みかけた空気は、アマンダさんの言葉でまた一瞬にして張り詰めた。

ううう。こういう緊迫した空気って苦手。

でもゲームなのに、こんなに威圧感を感じるなんて初めて。

……これって……ゲーム、だよね……？

今まで感じていたちょっとした違和感が、どんどん大きくなっていくのを感じる。

ぎゅっと握った手の平に爪が当たる感覚。

こんなの、今まであったっけ……？

そう思い始めると、考えるのが止まらなくなる。

あの草原でかいだ草の匂い。

馬に乗った時に頬に感じた風。

砦に入って感じた、どこか張り詰めた空気。

……ゲームの中にしては、できすぎじゃないかな……。

でも、ゲームの中じゃないとしたら、ここはどこ？

もしかして夢の世界なのかな……？

だけど夢にしては現実《リアル》すぎる。

そう考えると、なんだかめまいがしてきた。
グルグルグルグル世界が回る。
ぐらぐらぐらぐら世界が揺れる。
そして……世界から、そのままフェードアウトした。

第三章 現状を考えよう

The Small Sage Will Try Her Best In The Different World From Lv.1!

よく「夢から醒《さ》める」って言葉を使うけど、どの時点で夢から醒めたことを自覚するんだろう。
やっぱり目が覚めてそこが見慣れた自分のベッドの上だったら、だろうか。
じゃあ、もしもその夢がいつまでたっても醒めない夢だったなら……？
夢が現実となって、今まで確かにそこにあったはずの現実が、夢の彼方へと消えてしまうんだろうか……？

はい。自分でも自覚しています。

現在、絶賛、現実逃避中の私です。

だってね、目が覚めたら知らない天井なんだもん。

ぐるりと見回した部屋の中も全く見覚えがなくて、意識がなくなる前に見た執務室とやらにそっくり。

ゲームでは『気絶』っていう状態もあるけど、その場合は体が動かないだけで、意識はちゃんとあるのが普通だ。あんな風にぽっかりと意識が抜け落ちない。

だから……。だから、ここはきっとゲームの中じゃない。

そして多分、夢の中でもない。

考えられるのは……。

ジワリと目に涙が浮かぶのを感じる。

でもだめだ。

泣いちゃダメ。

ここで泣いても何の解決にもならない。

考えろ、考えるんだ。私がこれからどうすればいいのか。

まず私はどうしたいのか。

それは決まってる。この世界が現実なら、元の世界に戻ること。

じゃあどうやって元の世界に戻る？

……と、そこで思考が止まる。

ここはゲームの中そっくりの世界だから、もしかして私が知らないだけで、ここと地球を結ぶ秘密の通路があったりとか……。

あり得ないとは思うけど、そもそも、私がこの世界に来ていることが『あり得ない事態』なんだから、色んな可能性があるはずだよね。

通路じゃないにしても、自由に行き来する方法があるのかもしれないし……。

その方法がなくても、私がここに来たのにはそれが故意にしろ偶然にしろ、何らかの原因があるはず。その原因が分かれば、帰る方法も分かるんじゃないかな。

問題は、その原因をどうやって突き止めるかってことなんだけど……。

仰向けになったまま、両手を伸ばしてみる。

本来の私のものよりも、ずっとずっと小さな手。

キャラクターそのままの、小さな手。

なんで……。なんで私、ちびっこになっちゃってるのおおおおお!!

しくしくしくしく。この世界って、ちびっこ一人でも何とかやっていける世界なんだろうか……。

特別な能力があれば大丈夫かな。たとえばゲームの能力をそのまま持ってるとか。

ステータスでも見られるといいんだけど……。

もしかして、ここでも見えないかな?

でも押せそうなボタンとかないし……。ナビゲーターのエリーは反応してくれないし。

それとも前に読んだ漫画みたいに、ステータス・オープンとかって言えばいいんだろうか。

い……言っちゃう?

言ってみちゃう?

旅の恥はかき捨てって言うし、思い切って言ってみちゃう?

……よし。言っちゃえ!

「ス……ステータス・オープン」

なんだか厨二病《ちゅうにびょう》みたいで恥ずかしくなってしまって、つい小声で言ってみる。

すると、魔法のように目の前に半透明の四角い窓が現れた。

「えっ。できた？」

半透明の窓には文字と数字がたくさん並んでいる。

も……もしかしてこれが、ステータス画面？

えーっと、どれどれ。

九条悠里《くじょうゆうり》。八歳。賢者《けんじゃ》Ｌｖ．１
ＨＰ　１５６
ＭＰ　１２５
所持スキル
　魔法　１００
　回復　１００
　錬金　１００
称号
　魔法を極めし者

回復を極めし者
異世界よりのはぐれ人

ＨＰとＭＰは微妙な数値だけど……Lv．１だったらこんなものかもしれない。

年齢《ねんれい》は八歳、か。なんでこんな中途半端な年齢なんだろうね？

スキルはゲームでＭＡＸまで取ってるのが反映されてるんだとしたら、魔法全般は使えるってことかな。

魔法使いから神官に転職した時も、スキルを１００まで取っていればとりあえず魔法を使うことはできた。もちろんレベルが低いうちは威力がないし、大掛かりな魔法はＭＰが足りなくて使えなかったけど。

でも、とりあえず攻撃も回復もできることに安心する。これならソロでもなんとかなる……はず。

問題は称号だよね……。

『魔法を極めし者』と『回復を極めし者』はスキルを１００まで取ってるから持っている称号だとして、『異世界よりのはぐれ人』って何だろう……。

日本で一番有名なはぐれモンスターなら、銀色のアレだけど。

う〜ん。

この称号は、私が元の世界からはぐれてしまったってこと？

つまり、私は……異世界からきた迷子？

「迷子だって分かってるなら、帰り道も書いておいてくれるといいのに……」

あ、そうだ。ステータス画面が出てくるってことは、ゲームのシステムが存在するってことだよね。だったら、ゲームのナビゲーターである『エリー』を呼び出せるようになってないかな!?

とりあえず試してみよう。

「エリー。ログアウトしたい」

しーん。

……返事がない。ただのひとり言のようだ。

も、もう一度！

「エリー、ログアウト実行！」

やっぱり応えはない。

「ログアウト、エンター！」

……分かってはいたけど、何も反応なし。

やっぱりダメかぁ……。

じゃあフレンドチャットのほうはどうだろう。

「エリー。フレンドチャット・オープン。……ギルドチャット・オープン」

こっちも反応なし。

反応するのはステータス画面だけってことか……。

はぁ……残念。

やっぱり帰れないのかなぁ……。

お母さん、お父さん、お兄ちゃん……。もう……会えないの？

また涙がにじんできて、ホロリと頬《ほお》を伝った。

その時、トントンとドアを叩く音がして、誰かが部屋に入ってくる気配がした。視線を巡らせるとそこにはあの人間離れした超絶美形な団長さんがいて、目が合うとなぜか固まってしまった。

「？」

な……何？　どうして固まってるの？

「団長、あの子起きましたか、って。うわぁ。どうしたの？　団長に泣かされたの？」

団長さんの後ろから顔を出したアルゴさんが、私の顔を見て、慌ててこっちへやってくる。

え？　別に泣かされてないけど……。って、あっ！　涙が出てたから誤解されちゃったのかな。

私は慌てて起き上がった。

「いえっ、あの、違うんです。これは別に泣いてたわけじゃ……あ、ちょっと涙ぐんではいましたけど、それは団長さんのせいじゃなくて。あのっ、そのっ」

「そっかそっか。団長もね、悪い人じゃないんだけどたまに言葉がきつかったり、態度が威圧的だったりするから、小さい子には怖かったかなと思って。てっきりそれで泣かせちゃったのかと思ったんだ。さっきもいきなり倒れたしね。それで大丈夫？　もう起きられるかい？」

「あ、はい。ご心配おかけしました……」

ソファに座りなおした状態でお辞儀する。ハラリ、と銀色の髪が頬にかかった。

見慣れない色に一瞬ドキッとして、そういえばエリュシアオンラインでのキャラクターは銀髪の子だったと思い直した。

髪の毛は肩につくくらいの銀髪で、ちょっと猫目っぽい紫水晶《アメジスト》のような瞳。身長は百二十センチくらい。――そう。おそらく、八歳くらいの大きさだ。

はあ。なんだか実感がわかないけど、これが今の私、ってことだよね？　見かけは小学生だけど中身は大人《おとな》だなんて、名探偵だけでいいのに。

もう一度、はぁ、と自然にため息がもれる。

これから、どうすればいいんだろう。

「落ち着いたなら、これを飲むといい」

団長さんが陶器《とうき》のコップに入れた飲み物を手渡してくれた。

なんだろう、これ。

「ルコの実のジュースだ」

ああ、そういえばさっき、髭《ひげ》もじゃのゲオルグさんに持ってこいって言ってたっけ。

ルコの実のジュースなんて聞いたことがないけど……。

でもきっと毒とかじゃないと思うし、喉《のど》が渇《かわ》いたし。

思い切って飲んじゃえ！

「……甘い」

薄《うす》いピンク色のジュースはほんのり甘い味がした。初めて飲む味だけど、例えて言うなら、酸味《さんみ》のまったくない桃ってところだろうか。

「おいしい？」

アルゴさんがニコニコしながら聞いてくるから、私もこっくりと頷《うなず》いた。

団長さんは何もかもを見通すかのような瞳で、じっと私を見つめている。

こ、怖いよぅ……。

「団長！　ユーリちゃんが怖がってますよ。威圧しないでください」

「私は別に、威圧などしては――」

「小さい子には十分威圧ですよ。ねえ？」

えーっと、アルゴさんの言う通りなんだけど、ここで頷いちゃっていいのかなぁ。

迷っていると、アルゴさんがジュースをもう一杯飲むかどうか聞いてきたんで、首を横に振る。

「さて。私は辺境騎士団の団長で、このイゼル砦《とりで》の砦主《さいしゅ》をしているレオンだ。いくつか質問をしたいのだが、良いだろうか？」

私は返事の代わりにコクンと頷く。

「まず、君が来たのはニホンという国からで間違いはないだろうか？」

私はもう一度頷いた。

「ではなぜあんな所にいたのか、分かるかな？」

その質問には首を振る。私だって、それは知りたい。

「それまで一緒にいた人はいるのか？　両親でも親戚でも……」

また首を振ると、レオンさんは困ったように私を見た。

でも私だって困ってるんだよ？　ゲームをしてたらいきなりその世界に来ちゃいましたなんて言ってても信じてもらえないだろうし……何て説明したらいいんだろう。

それに本当のことを言って異端視されるのも怖い。ここがどんな世界か分からないしね。

どうしよう。

何て答えればいいの？

誰か教えてぇぇぇぇぇ。

「何でもいいが、覚えていることはあるか？」

レオンさんに聞かれて、私はおずおずと口を開く。

「あの……信じてもらえるか分からないんですけど……それまで私は自分の部屋にいたはずなんです。でも気がついたらあそこにいて……。私にも何がなんだか……」

「そうか……」

レオンさんは顎《あご》に手をやると、何かを考えているようだった。

「家名持ち、しかもこの様子だと高位の貴族の家の子供だろう。そんな子供が護衛もつけずに一人でいるとは考えられない。とすれば偶発的な事故があったということか？」

えっ、貴族？

いやいやいや、そんな御大層な家じゃありませんよ!?

うちのお父さんは普通のサラリーマンです。

「私は貴族じゃありませんよ」

「貴族ではない？　しかし家名もあるし……その手は労働者の手ではないだろう。しかもその年でその喋り方ができるのは、教育を受けた者でしかあり得ない」

労働者の手っていうのは、何となく肌荒れしてアカギレとかある手なのかなって気がする。

確かにそんな手はしてないけども、貴族の手って言われるほどのお手入れはしてないような……爪もヤスリで削ってなくて、爪切りでパッチンしてそのまま、だし。

それに喋り方だって、本当は十九歳だから八歳の子の喋り方よりも大人っぽいのは当たり前だもんね。

ああ、やっぱりうまく誤魔化すとかできない。

でも本当のことは言えないし、どうしよう……。

「でも私の国では皆家名を持っているんです。貴族はいなくて……あ、王族はいるけど、権力はないんですよ。この国とは反対かもしれないです」

王族じゃなくて皇族だけどね。うまく説明できないから王族でいいかな。

「ほう」

「教育も国民全員がある程度の年まで受けられるんです。だから、私は普通の家の子ですよ」

「つまり、君の国は皆が貴族のように暮らしているということか？」

う〜ん。ちょっと違うと思うんだけど……でも身分制度はないよねぇ。

なんて言えばいいんだろうと悩んでいると、レオンさんに軽く頭をなでられた。

「子供には難しい話だったな。すまない」

いえ……本当のこと言えない私の方が悪いんです……。

うう。罪悪感で胃がシクシクしてきた。

それにしても、ゲームで賢者に転職したらゲームの世界に来ちゃっただなんて……自分のことでなければ、そんな夢みたいなこと、あるはずないじゃんって思うよね。

こんなことなら賢者に転職しなければ……。

――って。

んん？

賢者に転職？

もしここがエリュシアオンラインと同じ世界なら、ここにも賢者への転職クエストで行った賢者の塔があるんじゃないかな。

私は賢者になった直後にこの世界に来たんだから、もう一度そこに行けば元の世界に帰れるかもしれない。

それに、賢者の塔には賢者のマスターのティリオンがいる。彼に聞けば元の世界へ帰る方法が分かるかもしれない！

「あのっ。もしかしたら、賢者の塔に行けば何か分かるかもしれないです！」

「ケンジャの塔？　どこにあるんだ、それは」

「えーっと、魔《ま》の森《もり》のほぼ中央に立ってる塔です」

「魔の森だと!?」

「でも中に入るには鍵が必要かもしれないです。確か六つの国のそれぞれのダンジョンに行かないといけないんだったかな？　あ、そうだ。賢者の塔の鍵は重要アイテムだから、まだアイテムボックスに残ってると思います。でもアイテムボックスってどこにあるんだろう？　アイテムボックス・オープンって言ったら出てくるのかなぁ。……あ、出た」

試しに言ってみたら、脳裏にアイテムボックスらしきウィンドウが浮かぶ。

その、マス目で区切られたウィンドウの中から、賢者の塔の鍵を捜す。

でも、賢者の塔の鍵どころか、クエスト進行に必要なキーアイテムの類いは、一切見つからなかった。

ううう。鍵があればすぐに帰れたかもしれないのに……。

ガックリしたけど、気を取り直す。

でもちょっと待って。よく考えたら今の私の職業は賢者なんだから、賢者の塔まで行けばそのままフリーパスで入れるんじゃない？

でも万が一ってこともあるし……。もう一度鍵を取りに行くべきなのかなぁ。だけどどう考えても賢者の塔はLv.1で行ける場所じゃないよね。じゃあまずはレベル上げをして……。

どうすればいいかを必死に考えていた私は、突然ぶつぶつ言いだした私に啞然《あぜん》としているレオンさんとアルゴさんの様子に、全く気がつかなかった。

「君のような小さい子が魔の森へ行くなど、絶対に無理だ」

「そうだね。ユーリちゃんは知らないだろうけど、魔の森のモンスターは他より強いんだよ。スライムだって、普通のスライムよりも強いんだ」

二人にそう言われたけど、さすがにスライムくらいは倒せると思う!

だってスライムだよ? ゲームでも木の棒で二回叩いたら倒せる、最弱のモンスターだよ? さすがにLv.1でも倒せると思う。

……た……多分……。

「スライムくらいは倒せますよ。っていうか、レベルを上げれば魔の森だってへっちゃらです」

むん、と力こぶを作ってみせる。筋肉むきむきからはほど遠いけどね。気分気分。

だって魔法使いのレベルが99の時にはソロで狩りに行ってたし。さすがに賢者の塔の中のモンスターは強いから、転職クエストの時はギルドの皆さんに頼んでパーティーを組んで助けてもらったけど、基本的にボスと戦う時以外は、ソロでまったりクエストを消化するほうが好きなの。

だったら何でオンラインゲームなんてやってるの、って言われたこともあるけど、何といってもエリュシアオンラインはストーリーが秀逸なんだもの。ソロが好きだけど、プレイしたくなるのは仕方がないと思う。

例えばこのアレス王国のクエストだと、英雄と呼ばれる弟に嫉妬《しっと》しつつも憧《あこが》れる国王の話があった。闇落ちしそうになる国王を王弟と一緒に救うんだけど、王弟が信頼していた副官が実は国王のスパイで、どちらに忠誠を誓うかで迷って凄《すご》く苦悩するんだけど、結局命を賭して二人の心の行き違いを正すんだよね。

副官が命を落とすところで泣いて、国王と王弟が和解するところで泣いて、と、凄く感動的なお話だった！

さすがにボスを倒すのはソロじゃ無理だったからお手伝いしてもらったけど。私もボス戦とかではお手伝いしてたからお互い様って感じだった。……と、言いたいところだけど、私のレベルが低くてそこまで役に立ってたかどうかは疑問なんだけども。

でも、このクエストのボスを倒したいからお手伝いをお願いします、って言ったら、手伝ってくれる人ばっかりだった。

やっぱりギルマスのセシリアさんが良い人だから、ギルドのメンバーも皆、優しい人たちだったんだろうなぁ。

そういえば、セシリアさん……。いきなり私がログアウトしちゃったから、心配してるんじゃないかな。

でも……そうか……。あれって、まだ、たった半日前の出来事なんだ……。

たった半日前のことなのに、あの日常がこんなにも遠くなってしまってる。

また涙がじわりとこぼれそうになったのを、手の平でぬぐう。

大丈夫。がんばれる。

がんばってレベルを上げて、魔の森抜けて賢者の塔へ行くんだから！

「レベル上げというのは強くなるということか？　君は、何か戦える術を持っているのか？」

レオンさんに聞かれた私は、胸を張って宣言する。

「魔法が使えます！　今はまだLv．1だから弱いけど……。でも、強くなったら何でも倒せます」

「……そう、か。……とりあえず君の処遇がはっきりするまで、この砦で君の身を預かろう」

身を預かる？

あ……そういえば、今の私って、親も家もない迷子だっけ。

つまり、ここで保護してもらえるってことだよね？

わぁ！　それって凄くラッキーなんじゃない!?　だってよく考えたら、衣食住って一番大切だもん。いきなり知らない世界に来ちゃって寝る場所もなかったら、大変なことになってた。

「よろしくお願いします！」

「分かった。では……そうだな。アルゴ、アマンダを呼んでくれ」

「了解、団長」

「ユーリ、アマンダはあれでいてかなりの子供好きだ。君の面倒をしっかり見てくれるだろう。他にも何かあれば私かアルゴに言うといい」

そう言ってレオンさんは私に手を差し出した。

「ユーリ・クジョウ。イゼル砦へようこそ」

「はいっ。よろしくお願いします」

私はその手を取って、勢い良く立ち上がった。

九条悠里――なんだかゲームで遊んでいたエリュシアにやってきちゃったけれど……。賢者Lv.1のユーリ・クジョウとして、賢者の塔目指してがんばります！

第四章 アマンダ・ルージュ

「きゃーっ、可愛《かわい》い〜！　まるでお人形さんみたいね」

そして引き合わされたアマンダさんは、相変わらずテンションが高かった。

いきなり抱きつかれて、大きな胸に圧迫されて窒息《ちっそく》しそうになったのには焦ったけど、本当に子供好きみたいで凄《すご》く良くしてくれる。

「ふふふ。私ね、ユーリちゃんみたいな妹が欲しかったの」

アマンダさんたち女性騎士がいるここは、砦《とりで》の右側の建物で女性騎士専用の住居になっている。あの暗い階段を上がると、手前から男性騎士たちの住居、執務室がある建物、女性騎士の住居、という風に並んでいるらしい。

女性騎士というのは結構珍しいらしく、普通は女性王族の近衛《このえ》にしかいないんだけど、このイゼル砦だけは昔から女性騎士が常駐しているんだそうだ。

もちろん騎士同士の恋愛とかもあるみたいだけど、前に恋愛のいざこざで決闘騒ぎがあったらしくて、私闘に対する処罰は厳しいんだとか。

まあ恋愛でギスギスしてたら協力して戦えないしね。それも当然だよね。

The Small Sage Will Try Her Best In The Different World From Lv.1!

そしてそんなアマンダさんの好きな人は、あの超イケメンのレオンさんじゃなくて、なんと熊っぽいゲオルグさんだった！

すっごくビックリ。

なんでも筋肉がたまらないらしい。

いや、モチロン性格もいいらしいけど、一番好きなのは筋肉なんだって。

筋肉かぁ……。

うっかり聞いていると、上腕筋とか腹斜筋《ふくしゃきん》がどーのっていう、凄くマニアックな話になったので止めました。胸の周りの筋肉がセクシーとか言われても……。ごめんなさい、私にはちょっと分からないです。

うん。色んな趣味があるんだなぁ……。

もちろん女性騎士の間で一番人気があるのはレオンさんなんだけど、全く相手にされないし、下手にアタックするとイゼル砦から地方都市の警備隊に移動させられてしまうんだそうだ。それでレオンさんは遠くから観賞用として愛されているらしい。

「ユーリちゃんが着ている、この白いローブも可愛いわよね。動物の耳がついてるなんて、おしゃれだわ」

転職クエストをクリアした記念で写真を撮《と》りまくってたから、この世界に来た時には写真撮影の時には必ず着ている白猫ローブのままだったんだけど、こっちでは猫耳フードは存在していないらしくて、実家が商家だというアマンダさんは興味津々だった。

「しかもこの素材、何かしら？　アラクネの糸よりも光沢があるわね。う〜ん、気になるわ。でも脱がせるなんてこと、できないし」

猫耳のところをモフモフしながら呟いているアマンダさんは、ちょっと危ない人に見える。

「でもずっとこのローブを着ているってわけにはいかないわよね。……そうだ。着替えを用意してあげればいいんじゃない？　で、その間に私が研究。なんて素晴らしいアイデアかしら」

ぽんと手を叩いて、キラキラした目を向けてくるアマンダさんに、つい後ずさってしまう。

「ユーリちゃんはどんな服が好き？」

「え……。どんなって聞かれても……」

そもそもゲームでは装備しか着てないし、どんな服があるのか分からないんだけども。

「ん〜。やっぱり可愛い服がいいわよねぇ。でもこの砦に小さい子の可愛い服なんてあったかしら？　従者の服ならあるだろうけど、あれじゃあねぇ……。うん。やっぱりゲオルグに頼みましょう」

「ゲオルグさんにですか？」

え？　え？

ゲオルグさんって、あのアマンダさんが好きな筋肉熊さんのことだよね？

服なんて作れるの？

「ええ。きっとすぐに、ユーリちゃんにピッタリの凄く可愛い服を作ってくれるわよぉ」

そう言うと、アマンダさんは私のローブを脱がして何やら採寸を始めた。

……ちなみに、ローブの下にはパンツしかはいてなかった……。

そりゃあねっ、確かにねっ、ゲームでは下着とか意識してなかったけど！　アイテムボックスの装備欄《そうびらん》から選んで着替えるだけだったし。

でもリアルとなると……切実に下着が欲しいです。くすん。

「は～い。こっち向いて。そうそう。えーと、それじゃバンザーイ。っと、こんなものかしら。ユーリちゃん、とりあえずまたそのローブを着ておきましょうか」

アマンダさんは机の引き出しから紙を出して何やら書いていた。そしてそれにフウッと息を吹きかける。その紙がくしゃくしゃと丸まったかと思うと、白くて丸い謎《なぞ》のモフモフになった。

「ゲオルグにこの手紙を届けて」

アマンダさんが窓を開けると、白いモフモフはふわりと空に浮かんでふよふよと飛んでいく。まるで大きなタンポポの綿毛みたい。

うわぁ。ファンタジーだ。

って、ゲームの世界だから当然なのかもしれないけど。

振り返ったアマンダさんは、私がびっくりしているのを見て説明してくれた。

「パフボールを見たのは初めて？」

「はい」

うんうんと頷《うなず》くと、アマンダさんは引き出しから白い紙の束を出して、見せてくれた。

「この紙はあらかじめ届ける相手を指定しておくと、今みたいに息を吹きかければその人の所にメッセージを届けるのよ。これは、ぜーんぶゲオルグ宛なの」

「全部ですか!?」

結構な束だと思うんだけど、業務連絡でそんなに使うの？

「もちろん！　毎日愛をこめたパフボールを送るから、これでも足りないくらいよ！」

……業務連絡じゃなくて、ラブレターでした……。

アマンダさん、そんなにゲオルグさんのことが好きなんだね。一見、美女と野獣だけど、素敵なカップルなんだなぁ。

「実家ではパフボールも扱っているの。ユーリちゃんも欲しいならあげるわよ？」

はい、と紙を渡されたけど、この世界で手紙を送る相手なんていないかも……。

あ、ひょっとして私の世界まで手紙を届けてくれないかな。

ダメかもしれないけど……やってみる価値はあるよね。

「あの、どうやって送る相手を指定するんですか？」

「名前と場所を書いておくの。ほら、ここに青い枠があるでしょう？」

言われて見れば、紙の中央に青い枠があった。

私はアマンダさんの机を借りてペンを手にする。羽根ペンみたいだけど、インク壺らしき物はない。

うーん。これも魔法アイテムなのかなぁ。

でも、いざ書こうと思ったら、机が高い。

……ちびっこになっちゃったからね。仕方ないけどね。

「これを使うといいわ」

書きづらいのに気がついてくれたアマンダさんが、綺麗《きれい》な赤いクッションを持ってきてお尻に敷いてくれた。

「でも、こんなに綺麗なクッションを敷いちゃっていいんですか？」

薔薇《ばら》の刺繍《ししゅう》も凄く繊細《せんさい》で綺麗で、座るのが申し訳ない。

「大丈夫よ。ゲオルグがたくさん作ってくれるから」

この美術館に飾ってあってもおかしくないような見事なクッション、あのゲオルグさんが作ったんだ……。全然イメージと違う。

でも書きやすくなったのは事実だし、アマンダさんの言葉に甘えちゃおうっと。

えーっと。郵便番号はいらないから、まずは神奈川県横浜市……。

あれ？　続きはなんだっけ。

え、ちょっと待って。もしかして住所を忘れちゃってる？

えーとえーと。

じゃ、じゃあ先にお父さんとお母さんの名前を書こう。

お父さんが、九条《くじょう》とお……なんだっけ。

え、待って待って。お父さんの名前も思い出せない。

お母さんの名前は!?

お母さんの名前は、九条永遠子《とわこ》。

……ほっ。お母さんの名前は憶えてる。

じゃあ、お兄ちゃんは……？

――駄目だ。思い出せない。優しくて、いつも可愛がってくれてたことはちゃんと憶えてるのに、顔も、名前も、思い出せない。

そういえば、お父さんとお母さんの顔も思い出せない……。

どうして……？

「ユーリちゃん？」

私の様子がおかしいのに気がついたアマンダさんが声をかけてくる。

「いえ、何でもないです」

大きく深呼吸をする。

……泣いちゃダメだ。

もう一度、自分に言い聞かせる。

今泣いても、何も変わらない。何も起こらない。

これが夢じゃないなら、泣く前にしなくちゃいけないことがたくさんあるはず。

何もかもやりつくして――それでも帰れなかったら、思いっきり泣けばいい。

きっと大丈夫。

お母さんの名前を憶えてるし、きっと帰れる。

「正確な住所が分からないんですけど、届くでしょうか？」

「そうねぇ。イゼル砦のように、名前だけではっきり分かる所なら大丈夫なんだけど……。町とか村の名前でも大丈夫だと思うわよ？」

どうせダメ元なんだし、分かる所だけ書いてみよう。

地球　日本　神奈川県　横浜市　九条永遠子様

お母さん、悠里《ゆうり》です。信じられないだろうけど、私は今、エリュシアオンラインというゲームにそっくりな世界にいます。

幸いなことに、親切な人たちに出会うことができて、イゼル砦というところにお世話になることになったの。だから心配しなくて大丈夫だよ。

お父さんとお兄ちゃんにも、心配しないでねって伝えておいてね。

私、絶対に家に帰るから、だから安心して待っていてください。

もしかしたら帰るのに時間がかかっちゃうかもしれないけど、でも絶対に帰るから。

だからお父さん、お母さん、お兄ちゃん。

私が帰るまで、元気でいてね。約束だよ！

みんな大好きだよ。悠里

小さい字で書いたけど、渡された紙にはこれだけ書くのが精一杯だった。

一度胸の前で抱きしめてから、ふっと息を吹きかける。くしゃっと丸まった紙は、白くてモフモフした球体へと変化していった。

それを少し開いた窓へと持って行く。

「このまま放り投げるんですか？」

「いえ。届ける相手の名前を言って手に持っていれば、魔術が働いて動き出すわ」

「分かりました」

パフボールを手に持って、そっと窓の外に出しだす。

「九条永遠子に届けて」

届いて、という願いをこめてお母さんの名前を呼ぶ。

だけど……。

パフボールは、その場からピクリとも動かなかった。

やっぱりダメ……か……。

少しでも期待してしまった分、脱力感が増す。

ノロノロとパフボールを引っこめると、途中で窓枠に当たってしまった。

「あっ」

コロン、と、パフボールが手からこぼれ落ちる。ふわりと落ちたパフボールは、風に乗ってふわふわと流れていった。

落ちもせず、高く昇りもしないまま、ゆっくりゆっくり流れていく。

そして白い塊《かたまり》は、イゼル砦の壁を越えて、木々の茂る森へと向かう。

だんだん、だんだん、小さくなって……やがて見えなくなった。

「これって……」

魔術が働いたんだろうか。それとも、ただ単に風で飛んだだけ？

パフボールが見えなくなるまで見送った私は、アマンダさんを振り返る。でもアマンダさんにも分からないようだった。

「イゼル砦には魔物除けの結界が張り巡らされているの。だからそれを越えたということは、魔術が働いたってことなんだけど……。でも、魔《ま》の森《もり》のほうへ向かっていったのがちょっと分からないわ。イゼル砦より先には、町も村もないはずなのに」

もしかしたらパフボールには結界をすり抜けてしまう特性があるのかもしれないわね、と言うアマンダさんの言葉を聞きながら、万に一つの可能性があるのなら、どうかあの手紙を家族の下へ届けて！　と願った。

◇　◇　◇　◇　◇

「魔の森の方へ向かって行ったけど、ユーリちゃんが住んでいるニホンは魔の森の中にあるの？」

一緒にパフボールを見送ったアマンダさんは、そのままじっと魔の森を見つめている。

「それが……どこにあるのか分からないんです。どうやって帰ればいいのか……」

「森の入り口にいたけど、あそこへは誰かと一緒に来たの？」

「ええと……」

「あっ、そうか。ごめんなさい。記憶がないんだっけ」

というより、説明ができないというか……。でも黙ったままでいるのも居心地が悪いし、話してみようかなぁ。

「実は、ゲームをしてたらここに来ちゃったんです」

「えっ？」

私は今までのことを説明した。ゲームで賢者《けんじゃ》に転職したら『真のエリュシアに行くか』と聞かれて頷いたらこの世界に来ていたこと。

お母さんの名前は憶えているけど、お父さんとお兄ちゃんの名前は忘れてしまっていること。

でも、私の要領を得ない説明は、アマンダさんには伝わらなかった。

「可哀想に、ユーリちゃん。何かのショックで記憶が混乱しちゃってるのね」

そう言って、ぎゅうっと抱きしめられる。

く……苦しいです！　豊満なお胸様に埋もれてます！

「そのうちに思い出すわよ。それまでここにいるといいわ。団長も珍しくあなたを気に入っているようだし」

それは良いんですけど、息が……息がぁっ。

私を救ってくれたのは、ゲオルグさんの来訪だった。それを聞いて部屋を出て行ったアマンダさんは、すぐに布の塊のような物を持って戻ってくる。

「はいこれ。着替えよ」

息を整えていた私に渡されたのは、可愛らしいピンク色のワンピースだった。シンプルなデザインだけど胸元に小さなリボンと、それから裾にレースがついている。

「えっ。今作ってくれたんですか!?」

「そうよ。服作りはゲオルグの趣味なの」

なんだか見た目のイメージと全然違うなぁ。

「それに付与術師《ふよじゅつし》だから、こう見えて、物理防御も魔法防御もばっちりついてるわ」

「ふよじゅつし……?」

「あら、知らない?」

聞き慣れない言葉に聞き返すと、アマンダさんは付与術師について説明してくれた。

「簡単に言うと、装備に魔法陣をつけることができる人のことね。その中でも特にゲオルグは腕利《うでき》きなの」

武器の場合は持ち手に、防具の場合は心臓の上に組みこまれたミスリルの板の上に魔法陣を書きこむ。

武器の場合は物理攻撃アップしかつけることができないが、防具の場合は物理攻撃防御と魔法攻撃防御の他に耐性もつけることができる。

ただそれを二種類つけることのできる者は少ない。ゲオルグさんはその数少ない優秀な付与師のうちの一人らしい。

「へえ。凄いんですね～」

「そうなの、ゲオルグは凄いのよ！」

迫力美人のアマンダさんは、少女のように頰《ほお》を染めて胸の前で手を組んだ。

「付与術師だけじゃなくて剣士としても強いのよ。それに毎日鍛錬《たんれん》しているから、凄く素敵な筋肉なの。服も作れるし料理も上手だし、最高の旦那様になるわよねぇ」

アマンダさんが大絶賛するから、エリュシアでは家庭的な男の人がモテるのかと思ってたけど、別にそういうわけじゃなくてアマンダさんの好みがゲオルグさんだってことみたいだ。

「素敵な恋人なんですね」

アマンダさんが、いかにゲオルグさんが素晴らしいかを話している途中でそう言葉をはさむと、アマンダさんはピタッと動きを止めて私を見た。

「……じゃ、ないわ」

「え？」

聞き返すと、アマンダさんは悲しそうな顔をする。

「恋人じゃないわ。全然相手にされてないの」

「ええっ？　アマンダさんこんなに綺麗なのに!?」

性格だって悪くないと思うのに、なんでだろう。

「でも、そのうち絶対に振り向かせるわっ」

ガッツポーズを決めるアマンダさんに、きっとその日はそう遠くない内に来るんだろうなぁと思った。

「そんなことより、さあさあ、このゲオルグが作ったワンピースを着てみて」

そう言って渡されたワンピースを着てみると、ピッタリだった。ゲオルグさん、さすがだ。

これに猫の顔ポシェットを組み合わせてクルッと一回りしてみる。

うん。いい感じ。

「どうですか？」

「いや～ん。可愛い」

そう叫んだアマンダさんは、またもや私をぎゅうぎゅうと抱きしめた。

ま、待って！　だから息ができなくなるぅぅぅ。

「アマンダさん……く……苦しいですぅ」

「あっ。ごめんなさいね。つい……」

離してもらった私は空気を求めて息継ぎをする。

アマンダさんの胸は、凶器かもしれない……。

「うちは弟しかいないから、ユーリちゃんみたいな妹が欲しかったのよね～」

どうやらアマンダさんは長女らしい。確かにそんな感じがする。

このイゼル砦はアレス王国の北にある魔の森と接している。魔の森というのは魔物がたくさん生まれる森のことだ。

もちろん魔の森以外でも魔物は生まれるんだけど、魔の森の魔物は他よりも凶暴なことが多い。だからこのイゼル砦は凶暴な魔物が入りこまないように監視し、排除しているんだそうだ。

そのイゼル砦を守るのはアレス王国の騎士たちだ。

つまり、アマンダさんもアレス王国の騎士ってことになる。

女騎士かぁ。かっこいいなぁ。

「保護者が見つかるまで、しばらくは私と一緒にここで暮らしてもらうことになるわ。よろしくね、ユーリちゃん」

「はい。よろしくお願いします！」

第五章 VSスライムさん

The Small Sage Will Try Her Best In The Different World From Lv. 1!

異世界生活二日目の、九条悠里《くじようゆうり》改めユーリ・クジョウです。

あれから疲れてしまって、ご飯も食べずにすぐ寝ちゃいました。目が覚めたらアマンダさんに抱えこまれてて、しかも大きなお胸さんがドーンと目の前にあって、それはもうビックリ。なんていうか、起きたら元の世界に戻ってるんじゃないかなって淡い期待も思いっきりブチ壊すくらいの迫力でした。

「おはよう、ユーリちゃん」

寝起きのちょっぴりハスキーな声に、思わずドキドキしちゃいました。

赤い髪をけだるげにかき上げるのも、凄《すご》くセクシーで色っぽい。

はぅぅぅぅ。美人って寝起きでも美人なんだなぁ。

「今日からユーリちゃんも鍛錬《たんれん》をするんですって？」

「そうです、はい」

鍛錬というかレベル上げだけど。

「……大丈夫なのかしら？」

「大丈夫です！」

力こぶ……は、できないけど、スライムくらいはサクッと倒せると思う！

昨日追加で届いたゲオルグさん製作の寝巻代わりの白いワンピースを脱いで、ピンク色のワンピースの方に着替える。

白猫ローブはアマンダさんが『クリーン』の魔法で綺麗《きれい》にしてくれたから、ワンピースの上にそのまま羽織《はお》った。白猫ローブには防御力はないんだけど、やっぱり腕とか足がそのまんま出てると怪我をしちゃいそうだしね。

『クリーン』は生活魔法の一つで、対象を綺麗にしてくれる魔法だ。服だけじゃなくて体も綺麗にしてくれるから、お風呂いらずなんだそうだ。

そっかぁ。お風呂はないのかぁ。

イゼル砦の周りは森で、見渡す限り火山どころか山すら見当たらないから、温泉がある期待はしてなかったけど……。でもお風呂もないんだ。ちょっと……ううん。かなり残念。

私は支度《したく》を整えて、猫のポシェットを肩からかける。

――このポシェット、アイテムボックスと連動してるかな。

エリュシアオンラインでのアイテムの取り扱いは、「アイテムボックス・オープン」と言って半透明なウィンドウを表示させる方法と、持っているバッグと連動してアイテムの出し入れをする方法がある。バッグを替えても、装備していればアイテムボックスと連動する。

だから……このポシェットもアイテムボックスと繋《つな》がっているはずなんだけど……。

ポシェットの中に手を入れると、脳裏に整頓《せいとん》されたアイテムの数々が浮かぶ。試しにポーションを選んでみると、指先にガラス瓶のようなものが触れる。

ゆっくり取り出すと、そこには赤い色の液体が入った小瓶があった。

ほっ。ちゃんと連動してて、アイテムボックスは普通に使えるみたい。

装備はどうかなぁ。

そう考えると、一瞬で装備一覧が頭の中に浮かぶ。ゲームと一緒だ。レベルが上がらないと装備できないものは、灰色で表示されている。

お気に入りのオーロラローブは……。うん。しっかり灰色だね。がっくり。

賢者《けんじゃ》に転職した後はエイジに手伝ってもらってガンガンレベル上げをしようと思ってたから、低レベルの装備は用意してなかったよ……。

う〜ん。失敗したなぁ。こんなことなら低レベル装備を用意しておくんだった。

白猫ローブはレベル関係なく装備できたけど、おしゃれ装備だから防御力はほとんどないしね。

でもゲオルグさんが作ってくれたワンピースは、物理防御と魔法防御がそれぞれ＋10ついてるからラッキーだった。

本当に、この世界に来てから会う人たちがいい人ばっかりで良かったと思う。だって運が悪かったら盗賊にさらわれちゃってたかもしれないわけだし。

ここがゲームの中なのか現実なのかは分からないけど、悪い人っていうのはどこにでもいるもんね。それに、何も分からないまま魔物に襲《おそ》われてた可能性だってあるし。

「私とアルゴが一緒について行くからポーションは必要ないと思うけど。でもまあ、念の為に持っておくのはいいかもしれないわ」

「アルゴさんも来てくれるんですか？」

「ええ。ユーリちゃんが心配なんですって。スライムのいる辺りはそんなに強い魔物は出てこないから大丈夫だとは思うけど、一応、ね」

やっぱり最初に倒す魔物の定番はスライムだよねぇ。どんなゲームでも、最初の敵として出てくるのはスライムだもの。

「それに、スライムも緑と茶色しかいないと思うし」

「えっ。緑と茶色ですか？」

私はアマンダさんの発言にびっくりして聞き返す。

「ええ。だって森の中だもの。あとは青がいると思うけど、川のほうへは行かないと思うわよ？」

「青は川？」

一体どういうことだろう。スライムって青一色の魔物じゃないの!?

アマンダさんの説明によると、昔、とある魔物研究家がいて、スライムの体に入れた物は何でも融解させてしまうという特性に目をつけたのだそうだ。そして人を襲わないようにして、ゴミだけを処理するように品種改良をした。

それをスライム農家が繁殖《はんしょく》させて、ゴミとか残飯《ざんぱん》の処理をしているらしい。品種改良されたスライムは透明のゼリーのような姿で、勝手に増殖することはない。

「でもほら、スライムの日だけは食べ物をあげると増殖しちゃうじゃない？」

「スライムの日……。それって何ですか……？」

なんていうか、予想もしなかったスライム事情に、言葉につまる。

「それも知らないの？」

「……はい」

エリュシアオンラインでも、家の中でスライムを飼ってるなんて誰も言ってなかったよ！

それにスライムの日なんて初めて聞いた。

「スライムの日っていうのは、一年のうちで一番昼間が長い時のことよ」

ほむ。

つまり、スライムの日は夏至《げし》ってことだ。

ちなみに後で分かったけど、冬至《とうじ》はかまどの日って言うらしい。なんとなくイメージはわくけど、その日は昼間のうちに料理をたくさん作り置きしておくので、かまどの日と呼ぶんだそうだ。

「増殖したスライムはどうなるんですか？」

「それがねぇ。捨てる人が後を絶たないの」

「捨てる？」

「そうすると野生化しちゃって野良《のら》スライムになるじゃない？　だから町の周りとか砦《とりで》の周りにはスライムが多いのよねぇ」

「野良スライム……」

今まで知らなかったスライムの生態にびっくりしちゃう。

そっか……。捨てられたスライムが野生化しちゃうんだ……。

そう言われれば、スライムってこっちが攻撃しない限りは襲ってこない魔物かも。元が人に飼われるように品種改良してた魔物だからなのかな。

「しかも結界の外に出たスライムは、食べた物によって変異しちゃうから厄介なの」

「あ……。だから緑と茶色なんですか？」

「そう。この辺りに捨てられたスライムは草を食べるか土を食べるかのどちらかが多いでしょう？　それで緑か茶色のスライムになるってわけ。一度変異したら、後はその変異のきっかけになった物しか食べなくなるの」

な、なるほど～。

「じゃあ赤は炎で青は水ですか？」

「そうよ。ごく稀《まれ》に金属を食べると銀色のスライムになるらしいんだけど、まだ見たことはないわね」

そ、それって、あの有名なはぐれてるスライムなのでは!?

「そうそう。伝説の聖なるスライムっていうのもいるわよ。誰も見たことがないから、本当にいるのかどうかは分からないけど。うちの砦にスライムを研究してる人がいるから、今度話を聞いてみるといいわ。喜んで話してくれるわよ」

「わぁ。そんなにたくさんスライムがいるんですか？　ぜひお話をしてみたいです」

特に銀色のスライムの話は聞きたい！　やっぱり経験値をいっぱいくれるのかなぁ。

「もうこの時間だとフィールドワークに行ってしまっているから、明日にでも会いに行きましょうか。ちょっと変わってるけど、悪い人ではないわよ」

「はい！」

スライム博士かぁ。どんな人だろう。楽しみ。

アマンダさんと一緒に女性騎士寮から出ると、そこにはアルゴさんが待っていた。

「さあ、じゃあ行こうか」

水色の目が、優しく細められる。

なんとなく……なんだけど。

忘れてしまったお兄ちゃんってこんな感じだったんじゃないかなって気がする。いつも優しく頭を撫でてくれた気がする。

「昨夜はよく眠れたかい？」

そう。こんな風に。

頭を撫でられた私は、ついつい頬《ほお》を緩《ゆる》ませる。

「――はーっ。なんなのこの可愛《かわい》さ！　私の心臓がもたないじゃない！」

両手で握りこぶしを作るアマンダさんに、アルゴさんが呆れたような声を出した。

「そんなに繊細《せんさい》な心臓じゃないだろう」

「失礼ね！　どこからどう見ても繊細じゃないの。ね〜、ユーリちゃん？」

アマンダさんに同意を求められるけど……。アマンダさんに『繊細』って言葉は似合わないような気がするなぁ。

でも、私は空気を読む子ですからね。ここは頷《うなず》くのが正解です。

「そーでしょ〜。ほら、ユーリちゃんはちゃんと分かってくれてるわ」

胸を張っているアマンダさんの横で、私はこっそりアルゴさんと頷き合った。

◇　◇　◇　◇　◇

砦を出てからしばらく歩くと、目の前にうっそうと茂る森が現れた。初めてこの世界に来た時にも見たこの森が、魔《ま》の森《もり》と呼ばれる場所だ。

結構歩いたなぁ。ぜーはー。

「ここら辺によく緑スライムが出るのよ。……あ、いたいた」

アマンダさんの指さす方を見てみると――

おおおおお。

第一スライム発見！

プルンとして丸くて、ぷにんぷにんと揺《ゆ》れ動《うご》く緑の体。

頭の上はとがってないし青くないけど、あれぞまさしくエリュシアオンラインでお世話になったスライムさん！

よおし！　気合いを入れるぞ！

私はアマンダさんが用意してくれたひのきの棒を構えた。

いざ、ジンジョウニショウブだ！

「ユーリちゃん、がんばって！」

「ユーリちゃん、ファイト！」

アマンダさんとアルゴさんの声援で元気百倍。がんばります！

私はひのきの棒を持ち直すと、思い切ってスライムを叩いてみた。

「えいっ」

スライムはプルプルしている。

攻撃が効かなかったみたいなんで、もう一度叩いてみる。

「えいえいっ」

スライムはまだプルプルしている。

「えいえいえいえいえいえいっ」

スライムはこっちを無視してプルプルしている。

ぜ……ぜーはー。

段々、叩いている私の方が疲れてきちゃった……。

おかしいなぁ。なんで攻撃が効かないんだろう。

「あの、さ。ユーリちゃん」

なんだかためらうようなアルゴさんの声に、振り返る。

「ユーリちゃん、魔法使いなんだよね？　どうして魔法を使わないのかな」

魔法使いじゃなくて賢者だけど。

でもでもでも！

よくぞ聞いてくれました。海より深くて山より高い理由が、ちゃ〜んとあるんですよ。

「それはですね、レベル上げにA連打ペチペチが夢だったからなんです。それに魔法使いとか神官って剣が装備できないから、ひのきの棒も装備できなくて、ひのきの枝なんですよ？　ひのきの枝でペチペチするのってなんか変じゃないですか!?　だからやっと装備できるようになったひのきの棒で叩くのが、私の夢だったんです〜」

よしっ。言い切ってやりましたよ。えっへん。

魔法使いで後ろから強い魔法をドーンと撃つのも爽快《そうかい》なんだけど、やっぱり前衛さんみたいに敵と直接戦ってみたいんです！

ソロの魔法使いのレベル上げなんて、遠くから適正レベルよりちょっと下の魔物を見つけて、チマチマ倒すしかないんだもん。横でサクサク狩りをしている剣士さんが、どれほど羨《うらや》ましかったことか。

「……うん。何かよく分からないけど、ひのきの棒で叩くのが夢だったんだね。うんうん。それは良かったね。でもさ、全然攻撃が効いてないみたいなんだけど」

「そうなんですよね。……なんでだろう？」

そりゃあ確かに賢者のレベルは1だけど、神官と魔法使いを上げきったから、基礎値も上がってるはずなのに。

「いや、あの叩き方じゃ無理だと思うよ？」

「えー」

「えー、って……可愛く言っても無理なものは無理だからね？」

アルゴさんが額に手を当てていた。その横ではアマンダさんが「可愛いからいいじゃない」と頷いている。

でも……。う〜ん。そっかぁ。ひのきの棒じゃ倒せないのかぁ。

あ、そういえば剣スキルを取ってないんじゃないっけ。だから倒せないんじゃないかな。ってことは剣スキルを取れば——って、剣スキルマスターってどこにいるの!?

「じゃあ仕方ないから、魔法で倒すとして……。えーっと、火だと森に燃え移って火事になるかもしれないからダメで、風だと木が切れるくらいの力加減？　う〜ん。ちょっと難しいかなぁ。じゃあ、水は……駄目だ。スライムが元気になっちゃいそう。とすると、残りは雷しかないよね。……そういえば、水は雷に弱いんだっけ」

確か、ポケットに入るモンスターはそうだったはず。だったら、ちょうどいいかな。

よおし！　雷の魔法だ！

「サンダー・アロー！」

杖がないから、ひのきの棒を持った腕を振り上げて詠唱してみる。

すると、指の先が熱くなる。

うん。いける。

そしてそのまま、雷でできた矢をイメージしてそれを振りおろーす！

いっけぇぇぇぇ！

その直後。

ドオオオオオオオオンという音と共に無数の雷の矢がスライムに降り注いだ。光と音の乱舞に、目も耳もおかしくなってしまいそう。

多分、魔法が発動されていたのは実際には三秒ほどの短い時間だったんだと思うんだけど、その時の私にはすごく長く感じられた。

そしてようやく魔法が鎮《しず》まると……。

そこにスライムの姿はなく、半径五メートルくらいのクレーターのようなものができていた。

あ……あれぇ？

もしかして、やりすぎた……？

「うん。ユーリちゃん、あの魔法は何かな？」

後ろから、冷たいアルゴさんの声が聞こえる。

こ……これは絶対振り返っちゃいけない気がする！

「そうね。詳しく教えてもらえるかしら？」

それにアマンダさんの声も加わった。

あわわわわわわ。

ご、ごめんなさーい。

謝るから、怒らないでぇぇぇぇ。

第六章

愛が半端ないって

さすがにスライム一匹倒すのに、あの魔法はやりすぎだったって反省しました。

いやでも、一番弱い魔法でああなっちゃうなんて、普通は想像できませんよね。

とは言うものの、目の前の大きなクレーターが私の魔法のせいであるのは確かなわけで。

本当に反省してます。ごめんなさい。

そんな訳で、アルゴさんとアマンダさんに叱られて、本日のレベル上げは中止になりました。

当然、スライムを一匹倒しただけじゃレベルなんて上がらないからレベルは1のまま。

自業自得《じごうじとく》とはいえ、悲しい。

「とりあえず一度戻って団長に報告しようか」

「そうね」

がっくりしながら来た道を戻ろうとすると、右手の茂みからゴソゴソと音がした。

「ユーリちゃん気をつけて」

すぐにアマンダさんが私の前に立って、アルゴさんが茂みへと向かう。

な、なんだろう。動物かな、それとも魔物かな。強い魔物じゃないといいんだけど……。

緊張しながら立ち止まっていると、茂みからぬうっと緑色の大きなスライムが出てきた。

ひええっ！　こんなに大きいスライムがいるの？

びっくりする私とは逆に、アマンダさんはそれを見て、ふっと体の力を抜いた。

そっか。スライムってこっちから攻撃しなければ襲《おそ》ってこないもんね。だから心配ないんだ。

と思ったけど、このスライムは何か変だ。スライム特有の、あのぷにぷにとした姿をしていない。

じーっと見ていたら、そのスライムが突然立ち上がった。

えっ。スライムなのに、胴体と手も足もある!?

これって何かの見間違いなの？

目をこすって、もう一度よく見直す。

そこにいるのは、スライムじゃなくて。スライムの形をした帽子をかぶっている人だった。

な〜んだぁ。びっくりしたなぁ。

背はアマンダさんより頭二つくらい小さくて、髪の毛の色は金髪《きんぱつ》だ。巫女服《みこふく》を西洋風にアレンジしたような、変わった服を着ている。

着物の柄《がら》からすると、多分、女の子かな。

テレビとかでしか見たことのない、牛乳瓶の底のような分厚いメガネをかけている。

どう見ても、不審人物だ。でも、アマンダさんとアルゴさんが反応してないってことは、知り合いっぽい。

「む……。ここらにいると思ったんだが」

キョロキョロと辺りを見回す女の子は「うっ」とうめくと胸を押さえた。

「だ、大丈夫ですか？」

「匂い……。匂いが足りん！」

具合が悪いのかと思って声をかけたけど、女の子は私を無視して、ウエストポーチのようなものから何かを取り出した。

「すーはー。すーはー。おお、なんとかぐわしい香りであろうか」

なんか匂いかいでるし！

でも、ええっ。あれって……。

「か、かぐわしい？」

そう言うと、怪しい女の子は顔を上げてこちらをじっと見つめてくる。

「さよう。まったく、このスライムの素晴らしい香りが分からんとは、そなたの鼻は飾りか？」

え……えぇ？

大きく息を吸ってみるけど、何も匂いはしない。

「何も匂いませんけど」

「それ。かいでみよ！」

ええええ。

目の前に、ぷるんとした青いスライムが突き出される。

お……襲ってこないかな？

少し顔を寄せて、こわごわと息を吸う。

く……くんくん。

「やっぱり何も匂いはしないじゃないですかー！」

「なんと嘆《なげ》かわしい。この香りが分からんとは。馥郁《ふくいく》たる森の緑を象徴するような、かぐわしい香りではないか」

「スライムに匂いなんてあるんですか……？」

そう言うとうっとりした顔で、指を折って説明し始めた。

「そう。緑スライムは森の香り、茶色スライムは土の香り、赤スライムは火の香り、青スライムは水の香り。……なんと、素晴らしい。お主、幼いとはいえ、そんなことも知らぬのか？」

ビシッと指をつきつけられる。

えええ。この人、変態だー！

「そうねぇ。分かるわぁ。私も服を着ていても、相手がどんな筋肉を持っているか分かるもの」

ええええ。変態が二人に増えた!?

「そうであろう、そうであろう。愛だな！」

「ええ、尊《とうと》い愛ね！」

そう言うと、二人で手を取り合って頷《うなず》き合っている。

え……。ちょっと何言ってるか分かりません。

誰か！　通訳をお願いします！

はっ。そうだ。ここは最後の良心、アルゴさんを——

って、なんで諦めたような顔で首を振るんですかー！

私の冒険、これからどうなるのー!?

◇　◇　◇　◇　◇

「あ、ユーリちゃん。こちらがちょうど昨日話した、スライムの研究をしてる博士のカリンよ。この子は昨日から私のルームメイトになったユーリちゃん」

えええええええええええ。

は、博士？　この変わってる人が？

「ところで、こんな所で何をしておったのだ？」

しばらくお互いの萌えを語り合った後で手にしていたスライムをウエストポーチにしまうと、カリンさんが思い出したかのように聞いてきた。

「鍛錬《たんれん》よ」

「このような所でか？」

カリンさんは驚いたように辺りを見回す。

確かにイゼル砦《とりで》の皆は強そうだから、スライムじゃなくてもっと強い魔物を倒して経験値を稼がなくちゃダメだよね。

「鍛錬をするなら安全な砦の中が良かろう？　しかもこのように幼い子を連れて来る場所ではあるまい」

「そうなんだけど、どうしてもスライムを倒したいって言われて……」

スライムを倒すなんて言っても大丈夫なのかな。カリンさんはスライム愛好家だから、怒り始めたらどうしよう。

「ふむ」

でもカリンさんはその話を聞いても平然としていた。

ほっ。良かった。怒ってない。

「しかしスライムなど倒しても鍛錬にはならぬだろう」

ちょびっとだけど経験値をもらえるから砦の中で素振りをするよりいいんですよ、って、心の中で呟いてみる。

でもこの世界では『経験値』っていう認識がないみたいなんだよね。エリュシアオンラインの成長システムとは違うのかなぁ。

「う〜む。それで匂いが途絶えたのか。だが死体くらいは残っているであろう？」

「それが跡形もなく、なくなっちゃったのよねぇ」

「なんと!?」

カリンさんはクレーターに飛び下りると、その中心に顔を近づけて何やら匂いを嗅いでいるようだった。

「どういうことだ。何も残ってはおらぬではないか！　アマンダ、説明せよ！」

戻ってきたカリンさんはアマンダさんに詰め寄った。でもアマンダさんは肩を竦めるしかない。

「私にも何がどうなってるのか分からないわ」

「くっ。馥郁たる森の緑を象徴するような、あのかぐわしい香りがどこにもないぞ。しかも芳醇《ほうじゅん》な苔の香りまで混ざっておったというのに……。もしかしたら新種であったかもしれぬのだぞ！　体の一かけらくらい残しておくべきであろう！」

「まあまあ落ち着いて。ルコのジュースでも飲んだらどうかな？」

ここでやっとアルゴさんが会話に交ざった。

お、遅いですよぉ。

アルゴさんは荷物の中から瓶とコップを出してきた。用意がいいなぁ。

「うむ。もらおうか」

そのまま草の上に座ったカリンさんは、ジュースを一気飲みするとプハーッと息を吐いた。

カリンさんって何歳なんだろう。見た感じは、まだ十代くらいの年齢《ねんれい》に見えるんだけど。でも古めかしい言葉を使うし、仕草がどうにもおじさんっぽい。

「ユーリちゃんは、ここにどうぞ」

アルゴさんが草の上にハンカチを敷いて、騎士のようなお辞儀をした。

凄《すご》い、まるで物語に出てくる騎士みたいです！

って、本物の騎士さんでしたね。

渡されたコップには薄《うす》いピンク色のジュースが入っている。うん。おいしい。

「それにしても、何をどうやったらあんな穴ができる？」

カリンさんが目の前のクレーターを見ながら呆れたように言う。

「私たちもびっくりしたのよ。ねえ、アルゴ？」

「この子が雷魔法を使ったんだ。しかも短縮詠唱だった」

すみません……。まさかあんなことになっちゃうとは思ってもいなくて。

だってあれって雷属性では一番弱い魔法だもん。それがあんな威力になってるってことは、ステータスにあった魔法のスキルが１００になってるせいかもしれない。

だとすると、魔法を使う時は気を付けないとダメかも。

うわぁ。良かった。さっきファイアー・ボールとか使わなくて……思いっきり森林火災を起こしてたかもしれない。ひぃぃ。

「どれほど短縮したのだ？」

「術名だけで発動させていたかな」

「なるほど。確かにそれは……凄いな」

第六章 ▶▶▶ 愛が半端ないって

もしかして、ここでは長い詠唱をしないと魔法が発動しないいんだろうか。

たとえば「我が呼び声に応えよ雷。その力をもって敵を滅せよ、サンダー・アロー！」みたいな感じで。

そんなの、逆に厨二病《ちゅうにびょう》っぽくて恥ずかしいよ！

「そもそも、なぜその娘はイゼル砦にいる？」

「まあ、簡単に言うと迷子だね」

「ふむ。訳アリか」

「解釈はお好きに」

アルゴさんにそれ以上説明する気がないのを見てとったカリンさんは、軽く肩をすくめた。

「そこの小娘、ユーリと言ったか。……おぬし、雷以外の属性の魔法も使えるのか？」

「えーっと。あとは、火と水と風と土ですね」

「全属性か……。なるほど、これは興味深い」

そうなの？　エリュシアオンラインの魔法使いでは普通だけど。やっぱりゲームとリアルは違うっていうことなのかな。

「普通は全部の属性の魔法を使えないんですか？」

「うむ。人族ならそうであろうな。せいぜい二属性といったところか。アマンダもそうであろう？」

「ええ。私は火と風ね」

ああ、なんとなくイメージにぴったりかもしれない。

アルゴさんはどうだろう？

「僕は水だけだね。全属性の魔法を使えるのは団長くらいかな。しかもあの人、剣に魔法属性つけちゃった非常識な人だしね」

剣に属性って……上級職の魔法剣士みたい。もしかしてこの世界では、上級職がもう解放されてるとか？

エリュシアオンラインで最初に選べる職業は、剣士・狩人《かりうど》・魔法使い・神官の四つだけだ。

そして大型アップデートで追加されたのが――

剣士と魔法使いをLv.99にすると転職できる魔法剣士。

剣士と狩人をLv.99にすると転職できる盗賊。

剣士と神官をLv.99にすると転職できるパラディン。

狩人と魔法使いをLv.99にすると転職できる忍者。

狩人と神官をLv.99にすると転職できるモンク。

そして最後が、私の職業である、魔法使いと神官の両方をLv.99にすると転職できる賢者《けんじゃ》である。

でも賢者の塔は知らなかったみたいだから、賢者の職は解放されてなそうなんだけど……。

う～ん。私が知ってるエリュシアオンラインの知識とこの世界の現実が、どこまで一緒で、どこが違っているんだろう。

「そうね。団長がその戦い方を広めてくれたから、イゼル砦には女性騎士が増えたのよ」

おお〜。そうなんだ。

あ、じゃあ、もしかしてレオンさんが魔法剣士に転職する為のマスターだったりして。

だってあのイケメン度は、絶対にその他大勢のキャラデザインじゃないもんね。何か重要な役目がありそう。

「普通に戦うんじゃ、どうやっても女は男にかなわないわ。でも、こうすれば」

立ち上がったアマンダさんが腰の剣を取り、手をかざした。

「我、身に宿《やど》りし炎の力の具現を願う。我が剣に、まとえよ炎!」

呪文らしきものを唱えると、アマンダさんの持つ剣が燃えた。

あ、違う。剣から炎が出てきた。

おおおおおお。

すごおおおおおおおおい。

なんか、これぞファンタジー、って感じだ。

「アマンダさん凄いです凄いです! うわぁ、かっこいい!」

思わず拍手すると、アマンダさんは綺麗《きれい》な顔に、それはそれはもう、見とれてしまうくらい素敵な笑みを浮かべた。

はうううう。

かっこよくて綺麗なんて、すっごく憧《あこが》れます!

すると、拍手する私を見たアルゴさんが、立ち上がった。

「じゃあ僕もやってみようか。我、身に宿りし水の力の具現を願う。我が剣に、まとえよ水！」

ふわあああああ。

アルゴさんもすごおおおおぃ。

アルゴさんの剣は、渦巻く水に包まれていて、剣を上にするとそこから竜巻のようなものが立ち昇る。

いいなぁ。アマンダさんもアルゴさんもかっこいいなぁ。

私も剣士のレベルを上げておけば良かった！　魔法使いのLv.は99だったんだから、剣士をLv.99にしていれば……。

いや、でも、あそこから更に剣士のレベルを上げるのは厳しいから、やっぱり賢者一択だよね。魔法攻撃で無双して、回復もできて、さらに剣まで持てるんだもん。

魔法剣士には憧れるけど、私には賢者の方が合ってるよね。

「二人ともかっこいいです」

「ありがとう。でも、ユーリちゃんは剣より魔法の方が向いてるんじゃないかと思うよ」

「ですよね……」

スライムすら倒せないしね……。残念ながら、私に剣の才能はなさそう。

「イゼル砦の皆さんは魔法剣士さんが多いんですか？」

「あら、その言い方いいわね。私たちは魔剣使いって呼んでるけど、魔法剣士のほうが良い呼び方だわ。そうねぇ。魔法の才能自体はそこまで重要じゃないから、イゼル砦の剣士はほとんど魔法剣士になってるんじゃないかしら？」

「つまり、剣の腕の方が重要ってことですか？」

「そうね。ただ剣に魔法をまとわせても、振り回すだけでは魔物を倒せないわ。鍛錬して腕を上げることで、その威力も強くなっていくの」

そうか。分かった。

私はレベルを上げることによって新しいスキルを覚えていくけど、この世界の人たちは鍛錬をすることによって新しい技を覚えていくんだ。

「なるほどぉ」

そういえば。スライム博士なカリンさんも魔法剣士なんだろうか。とてもそうは見えないけど。

「言っておくが、私は剣など持たぬぞ。私の専門はスライムの研究だからな！」

瓶底《びんぞこ》メガネをキラリと光らせて、カリンさんが胸を張った。

どこがどうとは言わないけど、平たいです。

「まだ開発中だが、このスライムポーチは私の最高傑作だ。スライムを入れてどこにでも持ち運べるし、好きな時に取り出し、このように愛でることもできる」

カリンさんがポーチから青いスライムを取り出し、大切な物のように手の平に乗せる。

どーんと突き出されるスライムが、プルルンと揺れる。

「このスライムは、カリンさんが飼ってるんですか？」

「うむ。スライム農家から譲《ゆず》り受《う》けたスライムに色んな物を食べさせてみたんだがな、変異するとすぐにこちらを攻撃しようとするか逃げるかのどちらかになってしまう。こやつだけが、なぜか逃げずに残っておる」

手の平に乗せたスライムを、カリンさんがいい子いい子する。ぷるぷるして気持ちよさそうだ。

か……可愛い！

いいなぁ。スライム。私も飼えないかな。

「私も飼いたいです！」

「……まだ、なぜこやつが逃げぬのか、分かっておらぬ」

「つまり……。飼えない？」

「そうとも言うな」

えー。それは残念。

「しかし私の研究はこれだけではないぞ。スライムの生態は、まだまだ分からぬことだらけだ。野に放たれたスライムがどうやって増えているのかも分からぬしな。それに、この魔《ま》の森《もり》には な、例のヤツがいるという噂《うわさ》なのだ」

「れ、例のヤツ？」

なんだろう。すっごいスライムが隠れてるのかな。

「うむ。その名をメタリウムスライムという」

えーと。どこかで聞いたような名前だなぁ。

「略して、メタスラ！」

ええええ。そのまんまなんですけどぉ。

大丈夫かな？　ＮＧワードになってないかな!?

「元は、魔物に挑んで命を落とした騎士が装備していた剣を取り込んで変異したスライムらしいのだがな。なにせ動きが素早くて目撃されてもすぐに逃げてしまう。しかも攻撃された時はどの金属よりも固くなるのに、逃げるとなるとまるで液体のように変形してしまって、わずかな隙間からも逃げ出すという厄介なスライムなのだ」

へ、へえ……。それもどこかで聞いたような……。

「だが言い伝えによると、倒した者にはメタリウムスライムの固さを持つ、この世に二つとない剣を授けるらしい」

「そんな凄いスライムがこの森に？」

「私も一度だけそれらしきスライムに遭遇《そうぐう》したことがある。ただ一瞬のことであったたし、何より、スライムならあるはずの匂いが、何もしなかった」

それ、もしかして見間違いってことも……。

なんて、言えないけどね。

もし本当にメタリウムスライムがいるなら私も見てみたい。

「しかし、いずれメタリウムスライムを捕まえてみせる。あの伝説のスライムすらもな」

ええーっ。更に伝説のスライムまでいるの!?

もしかして、キングとかクイーンとかかな。……とても持ち歩けそうにないけど……。

でも夢は大きい方がいいって言うもんね。カリンさん、がんばれ！

第七章 この世界は現実

The Small Sage Will Try Her Best In The Different World From Lv.1!

それは本当に突然のことだった。

「さて、そろそろ団長がさっきの魔法を見てこっちに来るはずだけど……」

アルゴさんがそう言った瞬間、目の前の森がザワリと蠢《うごめ》いた。

風に揺《ゆ》れる木々も、空を流れる雲もさっきと変わらない。だけどそこにある空気だけが違う。

異様な……重苦しい空気。

森の奥から、何だか得体の知れない気配がする。

「む……。まずいな」

カリンさんの呟きに、アルゴさんが目を見開く。

「これは……まさかっ。アマンダ、ユーリちゃんを頼む」

「分かったわっ」

剣を抱えたまま、アマンダさんは素早く私の体を脇に抱えて走り出した。カリンさんもスライムをしまってその隣を走る。アルゴさんは最後尾だ。

え。な、何？　いきなりどうしたの？

突然の三人の豹変《ひょうへん》に、私は目を白黒させるしかない。

「周期より早すぎる……。最悪のタイミングだな。でも、もうすぐ団長がくると思うから、君たちはそっちに合流してくれ」

「アルゴッ。なんとか持ちこたえなさいよね」

「フッ。誰に言ってる。これでも僕はイゼル砦《とりで》の副砦主《さいしゅ》だよ？」

「それだけ軽口が叩けるなら大丈夫そうね。後は任せたわよ」

「ああ」

なぜかそう答えるアルゴさんの声が少し遠い。不思議に思って振り返ると、立ち止まるアルゴさんの前に茶色の塊《かたまり》がたくさんあった。塊は動いていて……まるで、子供のような……。

――いや、違う。あれは……ゴブリン？　とがった耳にギョロリとした目。手に棍棒《こんぼう》を持つ姿は、ゲームでよく見たゴブリンの姿だった。

でもすごく数が多い。数十匹って感じじゃなくて……。百匹以上いる!?

「ひっ」

アルゴさんが剣を振るうと、ゴブリンから真っ赤な血が飛んだ。吹き出す血が、アルゴさんの剣と体を真紅《しんく》に染める。そして次の瞬間には別のゴブリンに剣を向けていた。

「ア……アマンダさんアマンダさん。ゴ……ゴブリンがっ」

「分かってるわ。急いで砦に戻りましょう」

「で……でも……アルゴさんが……」

「ユーリちゃんがいても足手まといよ」

「で……でも、私も戦えますっ」

私がそう言うと、横を走るカリンさんが顔を前に向けたまま冷たい声を出した。

「そしてあの魔法でアルゴもろとも吹き飛ばすつもりか？」

「カリン、そんな言い方は……」

「制御できぬ力など、災いと同じだ。ゴブリンどころか、アルゴも木っ端みじんになるだろうよ」

悔しいけど……反論できない。

確かに、一番弱い魔法のサンダー・アローであの威力なんだとしたら、もっと強い魔法を使えば……。

「小娘。我々がすべきなのは、一刻も早くイゼル砦の者を呼ぶことだけだ。我らだけで立ち向かえる数ではない」

「そうよ。アルゴを死なせたくなければ早く団長にこのことを知らせないと」

死ぬ……？

死んでしまう……？

ゲームだったら神官の呪文《リザレクション》で生き返ることができた。

でも、ここはゲームの世界と似てるけど、ゲームの世界じゃない。

だったら、死んじゃったら……そこで、終わり……？

嫌だ！

そんなの嫌だ！

アルゴさんが死んじゃうなんて嫌だ！

アルゴさんはいつも優しく笑ってくれた。頭をぽんぽんって撫でてくれた。

その人が死んじゃうなんて、絶対に嫌だ！

考えろ、考えるんだ。

私に何ができる？

そうだ、ステータスをもう一度見てみれば……。

「ステータス・オープン」

アマンダさんに抱えられたまま唱えれば、半透明のウィンドウが開く。

昨日も見たステータス画面だ。

でも――

あれ？　ステータス画面の名前が九条悠里《くじょうゆうり》から、ユーリ・クジョウに変わってる……。

って。そんなの今はどうでもいい。

何か……。何か、アルゴさんを助けられる情報はないの？

必死に目をこらすと、ウィンドウの下に小さな矢印がある。急いでタップすると、文字が次々と表示される。

ユーリ・クジョウ。八歳。賢者《けんじゃ》Lv.1
HP 156
MP 125

「違う」

所持スキル
魔法 100
回復 100
錬金 100

「これじゃない」

称号
魔法を極めし者
回復を極めし者
異世界よりのはぐれ人

「これもダメ」

使用可能スキル
《雷属性》サンダー・アロー　サンダー・ランス（裁きの雷）
《風属性》ウィンド・アロー　ウィンド・ランス（破壊の竜巻）
《火属性》ファイアー・ボール　ファイアー・クラッシュ（紅蓮《ぐれん》の炎）
《水属性》ウォーター・ボール　ウォーター・クラッシュ（蒼き奔流《ほんりゅう》）
《土属性》ロック・フォール　アース・クエイク（殲滅《せんめつ》の隕石）

「どこにあるの」

《回復》　ヒール（エクストラ・ヒール）
《範囲回復》　ヒール・ウィンド
《状態異常回復》　キュア
《補助》　プロテクト・シールド
　　　　マジック・シールド

「何か……何かあるはず！」

《エリア魔法》 エリア・ヒール
エリア・プロテクト・シールド
エリア・マジック・シールド

「これだっ！」

そうだ！ 賢者にしか使えないエリア魔法だ！

でもエリアってどれくらいの範囲？

私とアマンダさんとカリンさんとアルゴさんと。それから後からくるっていうレオンさんたちも入れるとなるとどうすればいいの？

賢者になったばっかりだから、分からないけど……。

やるしかない！

魔法はイメージだって何かの小説で言ってたから、イメージするんだ！

「エリア・ヒール！」

お願い！ 効いて！

呪文を唱えると、ごっそり体の中から何かが抜けていくのを感じた。これは……ＭＰを消費したから？

ＭＰなんてなくなってもいいから。だから。

アルゴさんを助けて！

「エリア・プロテクト・シールド！　エリア・マジック・シールド！」

さらに力が抜けていく。目を開けているだけでも辛い。

のろのろと視線を上げると、びっくりしているアマンダさんと目が合った。その周りには半透明の赤い盾と青い盾がくるくる回っている。

良かった。とりあえずシールド効果は出てる。これで物理防御と魔法防御が上がったはず。

アルゴさんとは離れちゃったけど、効果は出てるのかな。出てるといいんだけど。

ヒールも届いてて欲しい。

「アマンダ、これは何事だ？　何が起きている!?」

こんな時でも特徴的な声が聞こえてきた。レオンさんだ。何人かで馬に乗ってやってきてくれた！

あ、レオンさんの周りにも半透明の盾が回ってる。エリア魔法、成功したんだ。良かった。

「団長、詳しい説明は後です！　魔の氾濫《はんらん》の前兆が起きました」

「魔の氾濫だと？　馬鹿な、早すぎる」

「あれだけのゴブリンが出てくるのは、魔の氾濫以外に考えられません。今アルゴが押さえてます」

「一人でだと？　無茶な」

「この先にいます。私はこの子を安全な場所に連れていきます」

「分かった。砦にも知らせてくれ」

「はい」

え、私たちだけ砦に戻るの？

だ……ダメだよ。私もアルゴさん助けに行きたい！

「あの、私、回復できます！　一緒に連れて行ってください！」

「だが君は神官ではなく魔法使いだろう？」

「違います、賢者です！」

Ｌｖ．１だけど……。Ｌｖ．１でも、私は賢者だもん！

「ケンジャ……？　そういえば昨日もそんなことを言っていたな。よし、回復できるなら頼む。ロバートはカリンと一緒に砦に戻って皆を集めろ。行くぞ！」

私とアマンダさんはそれぞれ違う騎士の馬に乗せてもらって、アルゴさんが戦っている場所へと急ぐ。

お願い、アルゴさん。無事でいて！

早く早く早く！

駆け戻る馬の上、心の中で何度も叫ぶ。

アルゴさん、どうか無事でいて！

「アルゴ！」

先頭を走るレオンさんが馬から飛び下りて、ゴブリンか自分か、どちらのものか分からない血で真っ赤に染まったアルゴさんの隣に並ぶ。アルゴさんの手に持つ剣は真っ赤に染まって、水の魔法もまとっていない。

でも、良かった。まだ、生きてた……。

そう安心したのもつかの間、アルゴさんの体がゆっくり崩れ落ちる。

「アルゴさぁぁぁぁん！」

馬から下りて助けに行こうと思っても、後ろにいる乗せてくれた騎士さんに止められて動けない。

アルゴさん、あんなに血が……。回復しないと死んじゃうよ！

ヒールってここから届くの？

でもゲームでは届いたんだから、届くはず！

絶対届く！

「ヒール！　対象はアルゴさん！」

指先から銀色の光がアルゴさんの下へ飛ぶ。効いて、お願い！

でもまだアルゴさんは立ち上がらない。

レオンさんがぐったりしたアルゴさんを庇《かば》いながら剣を振るう。

アマンダさんや他の騎士さんたちも、次々に馬を下りて加勢する。

「ヒール！　対象はアルゴさん！」

もう一度！

ああ、なんでエクストラ・ヒールが使えなかったんだろう。なぜか上級魔法は全部灰色の文字になっていて使えない。もし使えていれば、残りのＨＰが１でも完全復活できたはずなのに。

と、そこまで考えて、もう一つの可能性に気がつく。

もし……。もし、ＨＰが残ってなかったら……？

ゼロならヒールが効くことはない。

でも、もしそうなら、どうすればいいの？

ステータス画面にはなかったけど、ゲームでは使えたリザレクションが、使えるの？

自然と涙があふれて止まらない。

やだやだやだ！

アルゴさんが死んじゃうなんて嫌だ！

「もう一回……ヒール！　対象は……」

声が震える。

その時――

「いや。今回は、ヤバかった……」

アルゴさんがゆらりと体を起こした。

「アルゴさん！」

「ああ、だいぶ……復活した、かな。ユーリちゃんの、おかげだね……。ありがとう」

起き上がったアルゴさんが剣を持ち直して、ゴブリンを薙《な》ぎ払《はら》った。
良かった……。
生きてた！
生きてたあああ！
安心したのか、体中の力が抜ける。
腕が重いよ……。
なんだか、頭も重くて……。
最後に見たのは、レオンさんと背中合わせに戦うアルゴさんの姿だった。

第八章 神官さん……？

The Small Sage Will Try Her Best In The Different World From Lv.1!

私が気絶しちゃったのは、魔力切れを起こしていたからみたい。

この世界に来てからの朝の目覚めが、毎回気絶からの回復ってどうなんだろう。気がついたら、すっかり朝になっていた。

さすがに今回は覚醒時にアマンダさんの胸による圧迫はなかったけど、その代わりもっと凄《すご》いのを見ちゃいました。

筋肉モリモリのプロレスラーのようなコワモテの――え、誰？

いや、目が覚めていきなり、目の前にそんな人がいたらビックリするよね？

彫りが深くてラテン系の顔をしてて、髪は色褪《いろあ》せたトウモロコシの髭《ひげ》みたいな色でツンツンしてて。

てっきり強盗か何かかとびっくりして、思わず悲鳴を上げてしまった。

でも、このどこから見ても荒くれ者にしか見えないフランクさんは、なんと、神官さんだったのです！

えーっ。絶対、神官さんに見えないよぉ。

「まあねぇ。フランクを見てすぐ神官だって分かる人は少ないわよねぇ」

どうやら、用事があって部屋を出ていたアマンダさんの代わりに、回復魔法を使えるフランクさんが私についていてくれたらしい。

私の悲鳴を聞いてすぐに戻ってきてくれたアマンダさんが笑いながら教えてくれました。

「ホント、すみません……」

「わっはっは。いつものことだ。気にしてねぇよ。お嬢《じょう》ちゃん、具合はどうだい？」

フランクさんは見た目の通りに豪快な喋り方をするおじさんでした。

なんだろう……。神官さんって線が細くてメガネかけてる人ってイメージがあったんだけども……。イメージが崩れる～。

「ちょっと頭が重いけど、大丈夫です」

「そうかそうか。まあ多分、魔力切れだろうから、ちっと休めば治るだろうぜ。それより昨日の朝から何も食ってねぇんだろ？　アマンダが持ってきたスープでも飲んどけ。まだチビなんだから栄養はしっかり摂らないとな！」

そう言われてアマンダさんの差し出すスープを受け取る。コーンポタージュのようなスープが、優しく胃にしみわたる。

「おいしい……」

「そう。良かったわ」

「そうだ。アルゴさんは？」

第八章 ▶▶▶ 神官さん……？

アルゴさんとレオンさんは無事だろうか。他の騎士の皆さんは？　それにゴブリンの群れはどうなったんだろう。

「ユーリちゃんのおかげでピンピンしてるわ。ゴブリンも殲滅《せんめつ》できたし。ありがとうね」

そうなんだぁ。……良かった……。

ほっとして体の力が抜ける。

良かった……本当に良かった。

「アマンダに聞いたけど、ヒールを飛ばしたんだって？　どうやってやったんだい？」

「へ？」

いきなりフランクさんに聞かれて、首を傾《かし》げる。ついでにアマンダさんに、飲み終わったスープのお皿を「とてもおいしかったです」とお礼を言って返す。

「ヒールを飛ばす？」

えーっと、どういう意味だろ？

「遠くからアルゴにヒールしたって聞いたぜ」

「……もしかして、ヒールって飛ばせないんですか？」

「ああ、普通はどっか相手に触ってないと効かねぇな」

ええっ。そうなんだ。

じゃあ、なんで私は飛ばせたんだろう？

「あ、そうそう。その件も含めて、団長が詳しく話を聞きたいって言ってたのよね。どうしようかしら」

「連れてくのは無理だな。このちっこい嬢ちゃんはまだ本調子じゃねぇしな。団長に、話が聞きてぇならこっちに来いって言っとけ」

「でも魔の氾濫《はんらん》が始まりそうだから、しばらく執務室から出られないと思うわよ。ユーリちゃんが回復するまで待ってもらうしかないわね」

「まあ、魔力切れ程度なら、あと一日寝てりゃ治るだろ」

「了解。後で団長にそう伝えておくわ」

な……なんか気を遣わせちゃって申し訳ないな。

「あ……あのぅ……話に行くくらいならできると思うんですけど……」

「でもまだ体調が戻ってないんじゃやない？」

「だいじょぶです！」

ムンと力こぶを作ってみせたら、クラッとした。

あう……調子に乗り過ぎた。

「う～ん。でも正直俺も、お嬢ちゃんの話は早く聞きてぇしなぁ。よし、俺が連れてってやる」

そう言うなり、フランクさんは私を抱き上げた。

ファンタジーの王道のお姫様抱っこ……じゃなく、なんか太い腕の上に座らされてますよ？

え？　いくらちびっこって言っても、片手で抱き上げられるものなの？

しかもこの人、神官さんだよね？

あれぇ？　エリュシアオンラインって格闘ゲームだったっけ……？

「ほんっと、フランクって非常識な筋肉してるわよね」

私を乗せてる腕を見て言うアマンダさんの言葉に、疑問が浮かぶ。

「アマンダさんは筋肉が好きなんじゃないでしたっけ？」

「好きだけど、ほどよい色気のある筋肉が好きなのよ。こんな筋肉ダルマじゃないわ」

ほどよい色気のある筋肉ってどんなのだろう。想像がつかないんですけど……。

「言うに事欠いて、筋肉ダルマはねぇだろうよ、おい」

「しかもこの人、ゴブリンくらいなら素手で倒せるのよ。回復するよりもゴブリン殴ってる方が生き生きしてるって、職業の選択を間違えたんじゃないのかしらね」

「いざってぇ時にパーッと回復するのが格好良いんじゃねえか。男のロマンだよ、ロマン。それにちっこいカスリ傷なんざ、一々ちんたら治してられっかよ。それよりさっくり敵を殲滅しといて、味方は後でまとめて回復した方が効率いいだろ」

うわあ。もしかして、これが噂《うわさ》の脳筋さんってやつかな。

しかも神官さんとか……。

リアルで見るとこんな感じなんだね。

う～ん。まあ本人は楽しそうだからいいのかな……？

女性騎士の寮から出て、執務室のある建物の方へ向かう。そういえば女性騎士の建物って基本的に男子禁制なんだって。神官さんだけが入れるみたい。

まあ、いわゆるお医者さんみたいなもんだもんね。訪問診療ってことだよね。

そのままフランクさんに抱っこされて、執務室へと向かう。

ドアを開けると、壁に貼った地図らしき物を見て話し合ってるレオンさんとアルゴさんがいた。

「アルゴさん！　起きててもう大丈夫なんですか？」

「ユーリちゃんのおかげで、すっかり回復したよ。ユーリちゃんのほうこそ大丈夫かい？　魔力切れだって聞いたけど……」

「アマンダさんからおいしいスープも頂いたし、少し休んだから、だいぶいいです。ご心配おかけしました」

「いや……僕のせいで悪かったね」

アルゴさんが近寄ってきて、頭をぽんぽんと撫でてくれる。

うん。近くで見ても、顔色はいいみたい。

はあ〜。良かったぁ。安心したよぉ。

「ユーリ、体調が悪いのに来てもらってすまない。私は今ここを離れる訳にはいかなくてな」

「あのゴブリン、ですか？」

「そうだ。ああ、フランク。ユーリはそこのソファに座らせてやってくれないか」

レオンさんに言われて、フランクさんは私をそっとソファの上に置くと、そのまま横に立った。

う……なんか全員立ってると圧迫感があるなぁ。

「さて、と。まずは昨日、ユーリが使った魔法について聞いてもいいだろうか？」

「あ、はい。なんでしょう」

色々聞かれるんだろうなと思って、ちょっと背筋を伸ばしてみる。

別にちっこいのを、少しでも大きく見せようとしてるわけじゃないからね。

「あ～、団長。なんか皆で見下ろしてたら、威圧されてるように感じるんじゃないでしょうか。ユーリちゃん、緊張しているみたいですし」

「ええと、別にそんなに……」

「ふむ。ではこうしよう」

アルゴさんの言葉に頷《うなず》いたレオンさんは、大きな机の向こうにある立派な感じの椅子を持ってきて、私をひょいと抱え上げた。そしてそのまま私を膝《ひざ》に乗せて椅子に座った。

ふえええええぇぇぇぇ？

「お前たちは、ソファに座るといい。これで目線は変わらないだろう」

はいいいいいいい？

いや、そうだけど。でも何ですか、この恥ずかしい恰好！

「団長……あ、いや、別にいいです。はい」

アルゴさああああん。そこは諦めないでぇぇぇ。

「それで昨日の魔法だが、小さい盾のようなものが体の周りを回っていたが。あれは何だ？」

「あれはエリア・プロテクト・シールドとエリア・マジック・シールドです」

「聞いたことがないな。身体強化魔法の一種か？」

「えと、エリア・プロテクト・シールドは一定の範囲に効果がある、物理攻撃のダメージを減らす魔法で、エリア・マジック・シールドは魔法攻撃のダメージを減らす魔法です」

効果時間って三十分くらいかなぁ。単体の防御力を上げる魔法の場合は三十分だったけど、エリア魔法では効果時間が違ってるかもしれない。時間が短くなっちゃってる可能性もあるよねぇ。

昨日は倒れちゃっていつ切れたか分からないから、後でちゃんと確認しておかないと。

「そんな魔法があるのか……。確かに、ゴブリンの攻撃による体感ダメージは少なかったな」

レオンさんは、ふむ……と呟いて何かを考えているようだった。

「ユーリの国の魔法は我々が知るものとは少し違うようだな」

「えっ、そうなんですか？」

「まず呪文を唱える時に、術名だけで魔法は発動しない。魔力を高めるために、ある程度の長さの詠唱を必要とする」

ああ、それはアルゴさんも言ってましたね。長〜い呪文を唱えないと発動しないって。

「それに身体強化系の魔法は、自分にだけしかかけられない。ユーリのように他人、それも複数の人間にかけられるなど聞いたことがない」

……そうなんだ。

やっぱりゲームとは違うってことかなぁ。でも私が使ってるのはゲーム仕様の魔法だよね。

どういうことだろう……？

「ヒールも、触れずに回復することはできない。それに……攻撃魔法と回復魔法の両方を使うものはいない。ユーリの国では普通にできることなのか？」

「普通っていうか……ある程度、時間をかければできるようになるはず……？」

「ユーリがその魔法を覚えるのには、どれくらいかかったんだ？」

「えーと三年くらいです」

「ユーリは今、何歳だったか？」

うっ。ここは何て答えればいいのかな。

元は十九歳だけど今は八歳なんです、とか？

「えーっと、なんていうか十九歳なんだけれど、今は八歳っていうか、えーっと」

「ん？　つまり八歳か」

「……今はそうだけど、本当はそうじゃなくて、えーと」

「どう見ても八歳にしか見えんが」

「ですよねぇ……」

こ……これって年齢《ねんれい》詐称になっちゃったりして。でもアマンダさんに本当のことを言っても信じてもらえなかったし……。何て言えばいいの。

「では五歳から魔法の修行をしたということか。そのような魔法国家が存在するのか……？」

いえ……ただオンラインゲームで遊んでただけです。修行なんてしてません。

ど……どうしよう。多分、レオンさんたち、色々と激しく誤解してると思う。でも、その誤解を解くにはゲームやってたらこの世界に来ましたって話をしないといけないし……。でも多分、信じてもらえないだろうし。

ああ、もう。

なんて説明すればいいんだろう。

「霊峰《れいほう》メテオラの頂から昇る、神々の住まう国、エリュシオン……。そこに住まう神の一族はすべての魔法を使えたという」

フランクさんが、そう呟いた。

え？　何なの、そのいきなり壮大な設定は!?

でも、ちょっと待って。

エリュシオン？

エリュシアオンラインと似てるけど、何か関係があるの？

いや、でも私、普通の人間ですから！

神様じゃないですからあああああぁぁぁぁぁ。

◇　◇　◇　◇　◇

「お嬢ちゃんが神の一族……。いや、それはあり得ねえか」

思いっきり否定して頭をブンブン振ってる私を見て、フランクさんは肩をすくめた。

「ないですないです。私が住んでたのは日本ですううう」

あ……頭を振ったら、またクラクラする。

ちょっと体がふらついたのを、レオンさんが後ろから抱きとめてくれる。感謝の気持ちをこめて見上げると、私を見下ろしているレオンさんの目がちょっと優しい感じに思えた。

レオンさんってあんまり表情がない人だと思ってたけど、こうやって見ると結構目に感情が出てるんだなぁ。

なんだかそれに気がついたのが嬉しくて、へにゃっと笑ってみる。

そうすると、レオンさんの目がちょっとだけ丸くなった。

それに気がついてさらに嬉しくなって、へにゃへにゃと顔がゆるんだ。

「うっわ。団長のあんな顔、初めて見た」

「アルゴも初めてなんて、相当ね。まあユーリちゃんは可愛《かわい》いから仕方ないけど」

「えっ。それで納得しちゃうんだ。まあ確かに可愛いけど」

「でしょでしょ」

うひゃぁ。なんだかアルゴさんとアマンダさんの会話がいたたまれない……。そんなに可愛いとか言われると、嬉しいけど照れちゃうなぁ。

やっぱりちびっこだから可愛く見えるのかもしれない。確かにこの砦《とりで》には、小さい子はいなそうだもんね。

ちょっぴり顔が赤くなってるのを誤魔化すために、両手をほっぺたに当ててみた。

やっぱり少しほてってる。

「ニホンか。聞いたことのねぇ国だなぁ。どこにあるんだ？」

フランクさんに聞かれたけど、答えられない。

本当に、どこにあるんだろう。

どうやったら帰れるんだろう。

私は思わず、膝の上の手をぎゅっと握った。

「それが……その、分からなくて……」

「迷子ってことか。どうやってこの国に来たんだ？」

「それは、なんというか……。賢者《けんじゃ》になるための試験を受けて合格したら、いきなり気を失って、気がついたら丘の上で寝てて、そこをレオンさんに助けてもらった、みたいな……？」

「なんだ、そりゃあ？」

フランクさんはトウモロコシ色の髪の毛をガシガシとかいた。

「ケンジャなんて職も初耳だ」

「賢者っていうのは……えーっと、つまり、攻撃魔法と回復魔法の両方を使える人のことです」

「お嬢ちゃんみたいな奴が他にもいるってぇことか」

「そうです」

「なるほどなぁ」

そう呟いたフランクさんは、腕を組んで考えこんだ。

どうでもいいことなんだけど、やっぱり腕が太いなぁ。腕を組んだら筋肉でモリッとして、余計太く見える。

「そのケンジャになるには、どうすればいい？」

上から聞こえた声に、私はレオンさんを見上げながら説明した。

「賢者の塔の最上階にいるマスターと戦って、勝ったら認められて賢者になれるんです」

「一人で相手と決闘するということか？」

「そうですね。でも扉の前までは仲間と一緒に行けます」

基本的に、上級職に転職する時は、一人でその職のマスターと戦わなくちゃいけない。ただマスターがいる場所が大体迷宮の奥だから、そこまで行くのにはパーティーじゃないと行けないという謎《なぞ》仕様だったんだけどね。

賢者の塔も、かなり強い魔物がたくさん出てきてたから、ソロで最上階まで行くのは無理ゲーだった。

次のアプデでは、クエストを受けたらすぐにボス部屋まで転送されるようになるっていう話だったけど……。

「ところで、賢者の塔については知ってる人がいないんですよね？」

「聞いたことがないな。魔《ま》の森《もり》の中にあるんだったか？」

「そうです。魔の森の真ん中に建ってる塔です」

「ユーリ……それはありえない」

レオンさんに否定されて、思わずその顔を見上げる。エメラルド色の瞳は真っすぐに私を見ていて、嘘や冗談を言っている様子はない。

「え？」

「魔の森の中央にあるのは霊峰メテオラだ。賢者の塔などではない」

「……え？」

「その霊峰メテオラに登った者どころか、そのふもとにたどり着いた者すらいないだろう。それほど、魔の森の奥に住む魔物は強いものばかりだ」

え……でも……。

「そもそも、ユーリの言う『魔の森』と我々が知る『魔の森』は違う存在かもしれんぞ」

「違う……？」

「そうだ。ユーリが魔の森を通って賢者の塔へ行ったのなら、このエリュシア大陸のどこかの国から魔の森へ入ったということだろう。その姿形を見る限りユーリは人族だ。ならばアレス王国側から魔の森へと入るのが普通だろう。そして魔の森に一番近い町はグラハムだが、そこで食料などの調達をしたならば、必ずイゼル砦の前を通るはずだ。だが我々はそのような旅人の姿は見ていないし、ユーリはこの砦の名前を知らなかった。つまり、ユーリの言う『魔の森』は、この地にある魔の森とは違う物ではないのか？」

えーと。そうじゃなくて私が入った魔の森はゲームの世界の魔の森だったんだけど……。

でも、魔の森の真ん中に賢者の塔がないとすれば、私が知ってるゲームのエリュシア大陸の姿とは違うってこと？

あ、そうだ。地図！

この部屋に入った時に、レオンさんとアルゴさんが見てた地図を見せてもらえばいいんじゃない？

「あ。あの。もし良かったら、エリュシア大陸の地図を見せてもらっていいですか？　そしたら何か分かるかもしれないし……」

「……いいだろう。アルゴ、持ってきてくれ」

アルゴさんは壁に貼ってあった地図を持ってきてくれた。

おお。これがこの世界の地図かぁ。

大陸の形は私の覚えているものと同じだった。

一つの大きな大陸があって、右上から魔族の住む魔皇国・ドワーフの住むドワーフ共和国・獣人の住むウルグ獣王国・人族の住むアレス王国・エルフの住む名もなき国・妖精《ようせい》の住むノブルヘルムの六つに分かれている。

その中央に大陸の三分の一くらいの大きさの魔の森が広がっていて、更にその真ん中に賢者の塔がそびえたっている……はずだったけど、この地図ではその場所に霊峰メテオラという山が描かれていた。

地図に書いてある文字の方は、大学の北欧文学を専攻してる友達が見せてくれたルーン文字っていうのに似ている。でも目で見た瞬間に、その文字が頭の中で日本語に変わった。

とりあえず、文字を読むのには苦労しないのが分かって良かったけど……。

「この……霊峰メテオラの場所に賢者の塔があるはずなんですけど……」

「ニホンはどこだ？」

「この地図には載ってないです。っていうか……どうやって行くんだろう……」

「ではユーリはどうやってニホンから魔の森を通ってケンジャの塔へ行ったのか、分からないという訳か」

こくんと頷くと、レオンさんが優しく頭を撫でてくれた。

「これからニホンへ帰る道を探せばいい。我々が手伝おう」

「あ……ありがとうございます……」

優しい言葉に涙があふれてきた。レオンさんが私を抱きなおすとくるっと体を反転させて、正面からそっと抱きしめてくれた。そして背中をあやすように叩く。

ポンポンと背中を叩く音が、くっついた耳から聞こえるレオンさんの心臓の音とシンクロする。

それに甘えて、私はこの世界に来てから初めて、思いっきり号泣した。

これが私の、今のこの状況が夢でも空想でもなく現実なんだと、ハッキリ自覚した瞬間だった。

第九章

握手でこんにちは

The Small Sage Will Try Her Best In The Different World From Lv.1!

しばらく大泣きしたら、自分でも意外なくらいにスッキリした。

気持ちを切り替えるためにたくさん泣くのって、実は凄《すご》くいいことなのかもしれない。

「す……すびばしぇん。泣いちゃって……」

あう。

いっぱい泣いたから、かんじゃった。うう……恥ずかしい。

「私……いつか日本に帰れるまで、ここにいていいですか？　私にできることなんてないかもしれないけど……ここにいてもいいですか？」

レオンさんのシャツにしがみつきながら見上げれば、変わらずに優しいエメラルドの瞳。

「もちろん」

「そうだね。それにユーリちゃんの魔法も教えて欲しいしね」

「ヒール飛ばしも、だぜ」

「いるだけで癒《いや》しよ～」

レオンさんに続いて、アルゴさん、フランクさん、アマンダさんも優しく声をかけてくれる。

うん。がんばれる。

優しい皆がいてくれるから、ここでがんばれる。

そうだ。がんばろう！

「ありがとうございます……」

今度は皆の優しさに泣きそうになった。でもがんばって堪《こら》える。

私、もっと強くならなくちゃね！

「でも、魔法を教えるのなんて、私にできるかな……」

ちょっと……いや、かなり自信がない。だってただ単にレベルが上がったから魔法を覚えただけで、訓練して覚えたんじゃないし。

「系統が違うようだからどうなるかは分からないが、試してみる価値はあるだろう」

「……分かりました。がんばります」

「とりあえずどんな魔法があるか教えてもらったほうがいいかもしれないな」

レオンさんの言葉に納得する。

「あ、じゃあ紙と何か書くものをもらっていいですか？」

アルゴさんに紙と、一昨日《おととい》見た羽根ペンのような不思議ペンを渡される。

本当に、このペンのインクってどこにあるんだろう？

羽根ペンをじーっと見てると、レオンさんが私を抱えたまま、椅子を机の前に戻した。そしてそのまま抱っこされた状態で机に向かう。

ま……まあ、確かにそのまま机に向かったら、高すぎて書けないとは思うけども。私、ちびっこだし。

それにしたって、この体勢ってかなり恥ずかしいんですけど……。

恥ずかしさを吹っ切って机に向かう。

「えーっと、まずは魔法から……」

おおおおお。

凄い。サンダー・アローって日本語で書いたつもりなのに、ちゃんとルーン文字っぽい文字に変わってる！

これぞまさにファンタジー。

雷	サンダー・アロー（ＭＰ５）	サンダー・ランス（ＭＰ10）
風	ウィンド・アロー（ＭＰ５）	ウィンド・ランス（ＭＰ10）
火	ファイアー・ボール（ＭＰ５）	ファイアー・クラッシュ（ＭＰ10）
水	ウォーター・ボール（ＭＰ５）	ウォーター・クラッシュ（ＭＰ10）
土	ロック・フォール（ＭＰ５）	アース・クエイク（ＭＰ10）

最上級魔法は使えないから書かなかった。それから一応参考までに、消費ＭＰも書いてみた。

でも羽根ペンって、響きはかっこいいけど書きにくいね。羽根だから持つところが細いし、すぐに折れてしまいそう。魔法ペンだから丈夫なのかもしれないけど。

ああ。シャーペンとかボールペンがあったらいいのになぁ。

あ、そういえば私のMPって125で、エリア魔法を使った後に魔力切れを起こしたってことはMPを全部使ったってことだから、逆算したらエリア魔法のMPが分かるのかな。

ちょっと計算してみよう。

あの時使ったのって……。

サンダー・アロー（MP5）
エリア・プロテクト・シールド（MP不明）
エリア・マジック・シールド（MP不明）
エリア・ヒール（MP不明）

ヒールが、え～と二回だから、MP10×2でMP20。

サンダー・アローとヒールでMP25消費したわけだから、残りはMP100。ってことは、エリア魔法はそれぞれ大体MPを30くらい消費ってことかな。さすがにエリア全体にかける魔法だから、MPの減り方が凄いね。

今度からエリア魔法使う時は、MP配分を考えて使わないとダメだ。

「ユーリ。この魔法の横の数字は何だ？」

レオンさんの長い指が、ＭＰ５と書いてあるところを指す。ちょっとゴツゴツした大人《おとな》の男の人の手って感じだ。

「それは消費ＭＰです。……えーっと、その魔法を発動するのに、必要な魔力って言えばいいのかな？」

「魔力を数値化しているのか!?」

説明したらびっくりされた。

え？　ここじゃ違うの？

「では魔力切れを起こすまで魔法を使えば、自分の魔力がどれくらいなのか、数値で判断できるということか……それは凄いな」

「今まではどうやって判断してたんですか？」

「経験による予測だな」

ほえ～。

つまり、達人の技、みたいな感じで自分の魔力の残りを感じてたってことなのかな。それはそれで、何か凄いような……。

「魔法の種類とかは同じですか？」

「魔力を高めるための詠唱は必要だが、一緒だな」

ふ～ん。じゃあ、裁きの雷《いかずち》みたいな最上級魔法は存在しないのかもしれない。

もっとも、私にも使えない魔法だし、説明しなくていいかな。

えーと、あとは回復系だよね。

回復　ヒール（ＭＰ10）
範囲回復　ヒール・ウィンド（ＭＰ20）
状態異常回復　キュア（ＭＰ５）

単体の補助系は、自分しか強化できないはず。でも一応書いておこうっと。

物理防御強化　プロテクト・シールド（ＭＰ５）
魔法防御強化　マジック・シールド（ＭＰ５）

「これが、昨日ユーリの使った身体強化魔法なのか？」

そう言ってレオンさんがプロテクト・シールドを指すので、違いますよと答える。

「それは一人だけ身体強化をする魔法です。昨日のはエリア魔法といって、多分、賢者《けんじゃ》だけが使える、範囲魔法だと思います」

「一人というと、我々の使うプロテクトと同じだろうか」

「確か、自分にしかかけられないんでしたっけ？」

「そうだ」

「じゃあ、ちょっと違いますね。プロテクト・シールドは自分だけじゃなくて、仲間にもかけることができます」

「なるほど。時間があれば、どちらの効果の方が高いのか検証できるんだが……。まあ、それは仕方があるまい」

「なあ、嬢《じょう》ちゃん。このヒール・ウィンドってのは何だい？」

今までじーっと私が書くのを見ていたフランクさんが尋ねた。

「パーティーメンバー全員を回復するヒールですけど、ヒールよりは回復量が少ないかもしれないです」

「パーティーメンバー？　なんだそりゃ」

「えーっと、一緒に戦う仲間……？」

「一緒に戦えばまとめて回復できるってことか？」

「多分……。あ、でも、六人までのパーティーじゃないとダメかもしれません」

そういえばパーティーって組めるのかな。組めるとしたらどうやって組むんだろう。

マウスがあれば目の前の人をクリックしてパーティーに誘えるのに。エアマウス、どこかに落ちてないかな。

思わず探してしまうけど……。落ちてるわけないか。残念。

ゲームだと誰かにカーソルを当てれば、その人の名前とかレベルとか、ある程度のステータスを見ることができてパーティーにも誘えるけど、ここは現実だからそれはできない。

となると、どうやってパーティー組めばいいんだろう。

ナビゲーターのエリーもいないしね。

「嬢ちゃん、そのパーティーっていうのはどうやって組むんだ？」

「名前をクリックしてパーティー申請すれば組めたけど、ここでは無理だし……。試しに、オーソドックスに、言葉で言ってみるとか？」

そーだよね。試すだけならタダだもん。

やってダメだったら、また考えよう。

「えーっと、フランクさん、パーティーを組んでください、お願いします」

「な……なんだぁ？」

いきなり私が言ったから、フランクさんは目を白黒させていた。

「ここは、ハイでお願いします！」

「お……おう」

さあ、どーだ！

う〜ん。何だろう、何も変わってない気がする……。

はっ。きっと言葉だけじゃダメなんだ！

態度でも示さないと。……態度、態度……。あ、分かった。握手してみればいいんじゃない？

「フランクさん、握手してください」

横に立ったフランクさんに握手をしてもらう。

あ……手の平が硬い。なんだか神官さんの手の平じゃないみたい。どう考えても、前衛さんの鍛《きた》え方《かた》だよ、これ。

「フランクさん、パーティーを組んでください！」

そうお願いした瞬間、お馴染《なじ》みの半透明なウィンドウが目の前に現れる。

やった！　パーティーウィンドウだ！

さっそく見てみると、フランクさんの名前と職業の神官だけが書いてある。

なーんだ。ステータスとかは見られないんだ。ちょっと残念な気もするけど、そういうのって勝手に見るのはよくないような気もするから、これでいいね。

「やったやった。パーティーが組めましたよ！　わーい」

「組めたのか……？　特に何も変わってねぇけど」

「でもこれでヒール・ウィンドが効きます」

「ほう。じゃあ俺も習得したら使えるかねぇ」

「練習しましょう！　お手伝いしますから、がんばってください！」

私は嬉しくなって、握手したままの手をぶんぶんと振った。

◇　◇　◇　◇　◇

「よしっ。じゃあ嬢ちゃん、ちょっくら色々試しに行くか！」

握手した手をそのままガシッとつかまれて、私はいきなりフランクさんに体を持ち上げられてしまった。

ぶら〜ん、ぶら〜ん。

特に痛くはないけど、これって肩が抜けるからやっちゃいけない体勢なのでは……。

「ちょっと待て、フランク。まだ話は終わってないだろう。それにユーリはまだ魔力切れから回復したばかりだぞ」

レオンさんが私をフランクさんから引き離しました。

レオンさんのお膝《ひざ》さん、ただいまです。

「話なんざ後でもいいだろ。魔の氾濫《はんらん》が近づいてるんだ。何ができて、何ができねぇのか早めに確かめる方が大切だろうが」

「だが何も分からないまま協力しろと言われても困るだろう。子供とはいえ、ユーリは賢い。説明をしてから協力を求めたほうがいいのではないか？　ユーリはどうだ？」

そう聞かれて、確かにそうかも、と思う。

すぐに色々試したいフランクさんの気持ちも分かるけど、もうちょっと色々話を聞きたいし、ここで試せることをやっておきたい。

「ええと、フランクさんの方から私にパーティーの申し込みができるかどうかとか、試してもらってみてもいいですか？　あと、魔のハンランとかもよく分からないから説明して欲しいです」

「……仕方ねぇなぁ。そんじゃあれだ。早速俺からパーティーの申し込みってヤツをやろうじゃねぇか。パーティー組んでくれ、って言やぁいいのか？」

「あ、待ってください。その前に今組んでるのを解散しとかないと」

これで解散できるかな。

「このパーティーは解散します！」

宣言すると、パーティーウィンドウが消えた。

ほっ。これでいいみたい。

「じゃあフランクさんお願いします」

「よしきた。嬢ちゃん、俺とパーティー組もうぜ」

「握手もしてくださいね」

「おう。これでいいか？」

ぶんぶんと思いっきり握手をされる。

凄い勢いで痛いですうううう。もうちょっと手加減してくださいいいいい。

「あ、パーティーが組めた」

しっかりパーティーウィンドウが出た。成功だ。

「おお」

「何か変わった感じはしますか？」

「いや、何も感じねぇな。お嬢ちゃんには何かあるのか？」

「えぇっと、パーティーを組むとパーティーウィンドウが開くんですけど、どう説明したらいいのかな……。なんていうか、空中にパーティー組めましたよ、みたいな表示が出るっていうか、そんな感じ？」

ううううう。私の語彙力《ごいりょく》の乏《とぼ》しさが悲しい……。

うまく説明できないよ～。

「つまり嬢ちゃんにしか分からねぇってことか。そうすると俺が他のやつとパーティーを組んだとしても、それが成功してるかどうかは分からんってことだなぁ」

「そうですね……。あ、でも、ヒール・ウィンドがかかれば、パーティーを組むのに成功してるってことになるから、分かるかもしれませんよ。……だけどそれを確認する為だけに、ヒール・ウィンドのＭＰ20を消費するのって無駄かなぁ？　う～ん」

悩んでいると、レオンさんが頭をぽんぽんとしてくれた。

「そう悩む必要はない。これから色々試せばいいし、差しあたってフランクが試したいのはヒール飛ばしだろうから、それができるようになってから他のことも考えよう」

「そう……ですね。分かりました！」

うん。そうだよね。一度に全部教えるなんて無理だもん。

ちょっとずつ、自分にできることをやっていけばいいよね。

「あぁ。ヒール飛ばしもだけど、ヒールの詠唱短縮もやりてぇなぁ。どうやって魔法発動してんだろうなぁ」

すみません。それも私にはうまく説明できません……。

「あ、フランクさん。レオンさんたちもパーティーに誘えるか試してもらってもいいですか？」

「え？　俺がやんのか？」

「はい。だって今はフランクさんがパーティーリーダーですもん」

そう言うと、フランクさんはそれはそれはもう、嫌そうな顔をした。

あれ？　何でそんなに嫌そうなの？

「パーティー組んでくれって言って、握手すんのか……？　団長とアルゴとアマンダに……？　勘弁してくれよ、おい」

フランクさんは小さな声でブツブツつぶやいてる。

「私だって気持ち悪くてごめんだわ」

「ユーリちゃんと握手ならともかく、フランクじゃなぁ……」

アマンダさんが腕をさすりながら言うと、アルゴさんも同意した。

え〜っ。そんなに嫌がらなくてもいいのに。

「まあ、あれだ。別にパーティーなんざ組まなくても、今までちゃんと回復できてんだから必要ねぇよな！　ヒール飛ばしの練習だけすりゃぁ、いいさ」

「そ、そうよねっ」

え……。アマンダさんもそんなに嫌なの？

大人ってよく分かんないなぁ……。握手するのなんて、すぐなのに。

って、私も中身は大人だけど。

……あれ？　大人だよね？　なんていうか、思考が子供っぽくなってるような気がするけど、気のせいだよね。

「そういえば、パーティーを組んだ場合って、どこまで魔法が飛ばせるのか分かるのかな？」

そのわずかな疑問は、アルゴさんに話しかけられたことによって霧散《むさん》した。

「う〜ん。この部屋の中くらいなら大丈夫ですけど、それ以上はどうなんでしょう」

「ヒール飛ばしもどれくらいの距離まで可能なのか、一度試してみてぇなぁ。明日んなったら、嬢ちゃんの魔力も回復してんじゃねぇのか？」

フランクさん、私の魔力が回復してたら、今すぐにでも飛び出して行きそうな勢いだね……。

そういえば、今思い出したけど、アイテムボックスにMPポーションがあるんじゃなかったっけ。ちゃんと中身を全部確認してないから断言できないけど、いつも余裕をもって、手持ちで最低でも五枠は持ってたはず。

エリュシアオンラインのアイテムボックスは、道具と装備が別枠で、それぞれ百個ずつ持てる。そして、装備は一枠に一個しか入れられないけど、道具類の場合はその一枠に同じアイテムを九九九個重ねることができる。だから、MPポーションを五枠持っているってことは、五×九九九個で、四九九五個は持ってるという計算になるはず。

ポーションって店売りの物よりも錬金で作った方が回復量が高いんだけど、プレイヤーが自作したものを売る『モール』では武器とか防具とは違って高値で売れないから、メインの職業とは別に選べる生産系のサブ職業で錬金術師を選ぶ人が少ないんだよね。

でも私は、ポーション代がかからないから、っていう理由で錬金を選んだの。

目指せ自給自足！　とか言いながら、錬金のレベル上げしたのが懐かしいなぁ。

確かに武器とか防具とかアクセサリーの職人みたいには稼げなかったけど、そっちはギルドで上げてる人がいたから材料を渡せば作ってくれたし、ダンジョンで装備を拾えることもあったから、特には困らなかった。

せっせと薬草を拾ってポーションを作って、たくさん作ったのをギルドの皆にあげるのが楽しかったんだよね。

ああ、ギルドの皆にも会いたいなぁ。セシリアさんとかエイジとか、元気なんだろうか。

はっ。いけない、いけない。

こんな風に懐かしがってる場合じゃない。

えと、今からＭＰポーションを出して……。

そうだ。錬金キットがあれば、薬草を採取してポーションとかＭＰポーションも作れるんじゃないかな。錬金キットもアイテムボックスの中に入ってるといいんだけど。それも一緒に確認してみようっと。

でも、ここではアイテムボックスが出せないから、ダミーにしてる猫のポシェットから出さないといけないんだけど……。アマンダさんの部屋にあるのかな？

あ、でも待って。まだ魔のハンランのこととか聞いてない。

猫ポシェットを取りに行くのは後にしよう。

「あの、魔のハンランって何なんですか？」

私が聞くと、レオンさんが地図の魔《ま》の森《もり》のところに指を置いた。

「この、魔の森にはたくさんの魔物がいる。理由は分からないが、約十年に一度、その魔物が異常に増えて魔の森から人のいる場所へとあふれてくるんだ。その前兆として、ゴブリンの異常繁殖《はんしょく》が起こる。昨日ユーリがいた森のはずれのあたりには、普通はスライム程度の弱い魔物しかいないが、魔の氾濫が起こると森の奥から多くの魔物が現れる。そしてゴブリンが森のはずれまで姿を現すと、やがてそれよりも強い魔物、ワーウルフやサーベルキャットのような魔物が森から出てきて、近隣の村や町を襲《おそ》うんだ」

レオンさんの指が、アレス王国の中の森から少し離れた場所を指す。

何も描いてないけど、ここら辺に村とか町があって襲われるってこと……？

「そしてゴブリンの異常繁殖の後、およそ一カ月すると、魔物の王が現れる」

「魔物の王……？」

なんだろう。その名前だけでも不吉な言葉だ。

「魔物の中でも『変異種』と呼ばれる、通常の魔物よりも強く大きい個体が生まれることがある。滅多に生まれることはないんだが、魔の氾濫の時にはその『変異種』が多く生まれ、その内の一体が『特異種』に進化して、魔物の王になると言われている。『変異種』よりもさらに大きい、まさに魔物の王と呼ぶにふさわしい化け物だ。そして魔物の王に率いられた魔物の軍勢は、全ての物を食らいつくす。山も野も……人も」

まるでイナゴみたいだ。その大群が通り過ぎた後は、ただ食いつくされた荒れ地が残るだけになってしまう。

「イゼル砦はその魔の氾濫を瀬戸際で食い止める為に存在する。魔の氾濫の前兆が起きれば、森へ入って魔物たちを殺し、その数を減らすために。もちろん我が国だけでは無理だからな。既に他国には通達を出している」

そこでレオンさんは、言葉を止めた。

「ユーリ。君はまだ子供だ。だが我々にはない力を持っている。今回の魔の氾濫は、予定より早く起きていて、まだそれを抑える準備が万端とは言えない。本来ならば我々が守るべき子供の君に頼むのは申し訳ないが、後方支援として共に魔の森の氾濫へ向かってはくれないだろうか？」

魔物を倒すのならゲームではたくさんやってるけど……。

昨日のゴブリンの群れを思い出す。

ここは現実で、魔物の流す血も、レオンさんたちの流す血も、現実の物。

私に……魔物を倒すなんてことができるんだろうか……？

後方支援ってことは、エリア・プロテクト・シールドをかけたりするってことだよね。それなら……できるかな……？

昨日のアルゴさんの姿を思い出す。

もし私が何もしないでここにいる誰かが死んでしまったら、と考えて背筋が凍る。

嫌だ、それは絶対に嫌だ。

私にできることはしようって決めたんだもの。

だったら、できる限り、がんばろう。

「分かりました。がんばってみます！」

「ありがとう、ユーリ」

賢者Ｌｖ．１のユーリ・クジョウ。魔物退治をがんばります！

◇　◇　◇　◇　◇

アルゴさんに紙をもう一枚もらって、皆と相談してこれから試してみることを書き出してみた。

ヒール飛ばしを教えることが可能かどうか。

詠唱短縮を教えることが可能かどうか。

パーティーを組める人数は何人までが限度なのか。

パーティーを組んだ際にヒール・ウィンドを使えるかどうか。

プロテクトとプロテクト・シールドは効果が重なるのかどうか。

私の使う攻撃魔法の効果をもう少し抑えて、対象の魔物だけに使えるようにできるかどうか。


「ん〜。これくらいかなぁ？」

「思いついたことがあれば、また書き足せばいいだろう」

「そうですよね」

相変わらずレオンさんのお膝の上でこれを書いてます。いや、だって高さがちょうどいいんだもん。

「早く明日になんねぇかなぁ」

フランクさんが悔しそうに言っている。

っていうか、フランクさん、本当に神官さんなんだろうか。やっぱり武道家ですって言われた方が違和感ないんだけど……。謎《なぞ》です。

「それなんですけど、私のポシェットの中にMPポーションがあるので、それを飲めば魔力が回復すると思います。だからちょっとした研究なら、すぐにできると思いますよ？」

「いやいや、ちょっと待って。ユーリちゃんは病み上がりなんだから、無理をしちゃダメだ」

「でも、ゆっくりしてていいんですか？」

「それは……」

「できることが早く分かれば、それだけ魔の氾濫にそなえられるってことですよね？」

ほら。よく言うもん。備えあれば憂《うれ》いなし、って。

口ごもったアルゴさんは、ふう、と大きくため息をついた。

「MPポーションを使うんなら、うちの在庫を使うべきだろう。それは我々が負担すべきことだ」

アルゴさんはそう言ってくれたけど、でも四九九五個はあるし。錬金キットさえあれば、すぐに作れるし、大丈夫！

まだ確認してないけど、多分あるはず。……あることを祈ろう、うん。

「いっぱい持ってるし、気にしないでください」

「いや、あんな小さいポシェットにそんなに入らないだろう？」

渋るアルゴさんの肩を、フランクさんが豪快に叩いた。

あ、痛そう。咳きこんでるし。

「そうだよな。うちにもMPポーションぐれぇあるな。それ使おうぜ！　早速持ってくるから広場で待っててくれや」

返事を聞く前に、フランクさんは凄い勢いで部屋を出て行く。

……よっぽど早く知りたいんだなぁ。

「では私たちも広場に行くか」

レオンさんが私の体をひょいと持ち上げて、床に下ろした。

はいっ、がんばります！

第十章 ヒール飛ばし

The Small Sage Will Try Her Best In The Different World From Lv.1!

息を切らせて戻って来たフランクさんは、両腕に抱えきれないほどのMPポーションを持っている。

どれだけ実験したいんだろう……。

皆で向かったのは、来る時に通った広場から階段を下りた先にある地下の訓練場だ。基本的に魔法を使う訓練の場合は、魔法のダメージを吸収する特殊な魔法陣を組み込んである壁に囲まれている、この部屋を使うらしい。

そんな魔法陣があるのなら、魔法攻撃のダメージを軽減するマジック・シールドの魔法なんて必要ないいんじゃないかって思ったけど、それだけの効果のある魔法陣を書きこむには壁一面の広さが必要だから、防具とかにその効果をつけることは難しいらしい。

「だからこそ、ゲオルグみたいな付与術師《ふよじゅつし》が活躍するのよ」

アマンダさんが誇らしげに言う。

本当にゲオルグさんのことが大好きなんだね。

「よしっ。そんじゃ嬢《じょう》ちゃん、これ飲んでくれ」

フランクさんから渡されたＭＰポーションをじっと見る。

瓶の中で、ゲームと同じ液体が揺《ゆ》れている。これでＭＰが回復するなんて不思議。

「これってどれくらいＭＰを回復するんですか？」

「分からん」

「えっ」

分からないってどういうこと？

「テキトーだ、テキトー。でも飲んでりゃ魔力切れにはならんし、多分魔力を回復してるんだろ？」

ああ、そういえば魔力は数値化されてないって言ってたっけ。

結構、アバウトなんだなぁ。

あ、そしたら私が飲んで、どれくらい回復するか教えてあげればいいんじゃないかな。

魔力切れを起こした場合、すぐには魔力が回復しなくて、元に戻るのに大体二日くらいかかるって言ってたよね。私のＭＰは１２５だから、今はその半分の60ってところかな。ちょっと確認してみよう。

これがゲームなら、一晩寝るとＭＰが回復してるんだけどなぁ。そううまくいかないよね。

「ステータス・オープン」

小さな声でステータスを開く。えーっと、どれどれ。

ユーリ・クジョウ。八歳。賢者《けんじゃ》Lv．1
HP　156
MP　125

あ、あれ。もしかしてもう、全回復しちゃってる？

……もしかして、私だけ一晩寝るとHPとMPが完全復活するゲーム仕様のままなのかな。

でも、どうして……？

うーん、と考えてみるけれど、よく分からない。

まあ、いっか。別に不便なわけじゃないし、どっちかっていうと便利だし。

「あの、もう魔力が回復してたから大丈夫です」

「マジか!?」

「は、はい」

私の返事を聞いたフランクさんは「そうか」と言うと、自分の髪をガシガシとかき回した。

「あー。まあ嬢ちゃんには聞きたいことがたくさんあるが……。それは置いといてヒールを飛ばす練習をするか」

すみません。後で聞かれても、私にもよく分かってないので、説明は無理ですよ……？

「そんで、どーやってヒールを飛ばすんだ？」

「まず、ヒールをしたい相手の名前を呼びます」

「ふむ」

「次に、その相手に、ヒール飛んでけ～という気持ちで、ヒールを飛ばします」

「……それで？」

「それだけですよ？」

首を傾《かし》げると、フランクさんの眉間にどんどん皺《しわ》が寄っていくのが見えた。

ど、どうしよう。怒らせちゃった？

「何かこう、特別な詠唱はないのか」

「ないですけど……。あっ、もしかして、ヒールする時に詠唱するんですか？」

「そうだな。それに、相手に触れていないと回復はできねぇ」

なるほど。それだと戦ってる時に回復するためには神官も前に出ないといけないってことかぁ。

ゲームの場合は、前衛と後衛できっちり役目が分かれている。

前衛の剣士とかパラディンは防御力の高い鎧《よろい》を着て、自分だけに攻撃が来るように魔物からのヘイトを管理しながら攻撃をする。魔法使いとか神官なんかの後衛は、高い火力とか回復魔法で魔物からのヘイトを前衛から奪わないように調整しつつ戦う。

だから後衛しかやったことがない私は、前に出て戦ったことがないんだけど……。この世界では神官は前に出ていかないと回復できないってことなんだ。

ああ、それでフランクさんは、いざっていう時には前衛と同じくらい戦えるよう、こんなに筋肉モリモリなのかなぁ。

「う～ん。魔法はイメージだって教わったんですけど、イメージしてみたらどうでしょうか？　こう、指の先から回復魔力を飛ばす感じで」

「イメージ、ねぇ」

「相手に触れて回復する時も、手の平から魔力が出ていくわけですよね？　だからそれをギュッと凝縮《ぎょうしゅく》して飛び出す感じでやってみたらどうでしょう？」

「とりあえず、やってみるか」

フランクさんは何度もヒールを飛ばそうとしたけれど、どうにもうまくいかないようだった。

私が見本を見せても、ヒールが飛ばない。

「あんまり意味はないかもしれないけどさ。パーティーっていうのを組んでやってみたらどうかな」

私たちの練習をずっと見ていたアルゴさんの提案に、フランクさんは頷《うなず》いた。

「フランクさん、パーティーを組んでください」

「おう。よろしく頼む」

握手をして、パーティーが成立する。念の為、ヒールを受ける役のアルゴさんともパーティーを組んだ。

「よし、いくぜ。アルゴにヒール」

今度こそ、と思ったけど、ヒールは飛ばない。

やっぱり、ダメなのかなぁ……。

パーティーウィンドウだと、私しかその表示が見られないから、それでできないのかなぁ。

もしこれがゲームなら、『フランク神官にヒール飛ばしを教えろ』なんていうクエストがピコーンと表示されて、クエストを受けたら、パーティーメンバー全員が共有できる『ミッションウィンドウ』が開くパターンだよね。

そうすれば、パーティーメンバーであるフランクさんにも、HPとかMPを管理するウィンドウが見えて、対象者にヒールしたりできたんだろうけど。

「さすがに、ミッションウィンドウ・オープンなんて言っても――」

《パーティー・モードを確認しました。ミッションウィンドウを構築する為、エリュシアオンラインのシステムに接続します。……エラー、接続できません。再接続します。……エラー、接続できません。再接続します。……エラー、接続できません。再接続――》

うわぁ。な、なに？　なんか出てきたけど、ここはゲームの中じゃないんだから接続できるわけないよ。無理だよ。

だけど、これってどうやって止めればいいんだろう。ストップって言えば――

《リトライ回数の限界値を越えました。アナザーラインを捜索中。……エリュシアシステムを確認、コネクティングします。……接続しました。これによりミッションウィンドウを構築いたします。ミッションウィンドウの解放に成功しました。ミッションウィンドウ、オープンします》

「うおおおおお!? なんか目の前に出てきやがったぞ。何だこりゃぁ!」

えっ。出た? 名前だけだけど、何か出た? うっそおおおおおお。

しかもこの声、よく聞いたら、エリー?

えっ、えっ? どういうこと?

だって最初にここに来た時には、全然応えてくれなかったじゃない。なのに、どうして?

「おい、嬢ちゃん。なんだこの、パーティーメンバーってのは。嬢ちゃんの名前とアルゴの名前があるぜ」

「あっ。本当だ!」

な……何がどうなってるのか分からないけど、ミッションウィンドウがフランクさんにも見えるならちょうどいいよね。これでヒールが飛ばせるはず!

「じゃあ、アルゴさんにヒール、って言ってみてください」

「アルゴにヒール。って、うおおっ。なんだぁ?」

《対象者・アルゴにヒールを飛ばします》

声と同時に、フランクさんの手の平から、銀色の光が飛び出し、アルゴさんの上からシャワーのように降り注ぐ。

「うわ、マジか。すっげぇな！」

やった！　成功した！

「フランクさん、やりましたね！」

「おう。嬢ちゃんのおかげだな。ありがとよ」

頭をガシガシと撫でられる。

ヒール飛ばしができて嬉しいのは分かるけど、もっと優しく撫でてくださいよぉ。

一度成功したら、その後は失敗しなかった。ＭＰポーションをぐびぐび飲みながら、アルゴさんにヒールをかけまくる。

パーティーに入っていないアマンダさんにもヒールを飛ばせるのかどうかも実験してみたけど、そっちも問題なく飛ばせるようになっていた。

「でもこいつ、便利は便利だが、ずっと目の前にあると邪魔になるな」

フランクさんが目の前のミッションウィンドウを指さす。

そうかなぁ。私は見慣れてるから気にならないけど。

「えーと。ミッションウィンドウだから、パーティーを解散すれば見えなくなるんじゃないかと思うんですけど……。ちょっとやってみますね。エリー。パーティーを解散」

あっ。つい、エリーって呼んじゃった。

《パーティーを解散します。ミッションウィンドウ、クローズします》

エリーって呼んじゃったけど、問題なくミッションウィンドウが閉じた。

ただ、エリーの声は私もフランクさんもパーティーを組んでいる状態じゃないと聞こえなかった。

あれってエリーの声だと思うんだけど、違うのかなぁ。

う〜ん。分からない。

でももしエリーじゃないとしたら、誰の声なんだろう……。

「おお。消えたな。へえ。あいつ、エリーっていうのか。嬢ちゃんの国の魔法には人格があるのか。変わってるな」

エリーは魔法じゃなくて、ナビゲーションなんだけど……。でもうまく説明できないし、どうしてエリーがまた喋ってくれたのかも分からないし……。

だけど、エリーって呼びかけても応えてくれるなら、ゲームの時と同じようにエリーって呼びたい。

だってもし本当にエリーなら、まだ元の世界と繋《つな》がってるって気がするんだもの……。

「人格があるかどうかは分からないですけど、この声の人はエリーっていう名前です。色々と教えてくれるんです」

「なるほどな。つまり、嬢ちゃんとパーティーを組めば、嬢ちゃんの国の魔法が使えるってわけか。なかなか面白《おもしれ》ぇな。よし。んじゃ、次はプロテクトと嬢ちゃんの魔法が重ねがけできるのか実験してみるか」

あっさりとエリーへの追及を諦めたフランクさんは、次の実験に移ることにしたらしい。

そして恐ろしいことに、プロテクトとプロテクト・シールドの効果が重なるかどうか、に関しては、レオンさんとアルゴさんが実際に対戦して確かめていた。

回復役が二人もいるんだから大丈夫だろうって笑って、なんていうか、嬉々として戦ってましたよ……。

普段のアルゴさんは優しそうで、レオンさんも冷静沈着って感じで、熱くなりそうにない二人なのに、剣を取ると人が変わるんですね。

というか、怪我をすると切り傷が見えて、その傷口がぱくっと開いて、そこから血が出て……。

さすがに魔法剣は使ってないから、純粋に剣技だけなんだけれど、それでも二人の打ち合いは凄《すご》くて。

怖くて逃げだしたくなったけど、でもがんばるって決めたから。

だから二人にヒールをかけながら、二人が打ち合うのをがんばって見守った。

怪我をしても、ヒールすればちゃんと傷が治るんだっていうのを実感できてからは、なんとか気を落ち着かせることができました。

うん。魔法凄い。

あんなに血が流れてても、元の綺麗《きれい》な肌に戻るんだもん。

まあ……服は破けちゃってるけどね。

そうして確認した結果、プロテクトとプロテクト・シールドは別々に作用することが分かった。どっちも効果時間は三十分で、それぞれダメージを約十分の一軽減する。

両方かければ、受けるダメージを十分の二、つまり五分の一減らせるということだ。

これは、これから魔の氾濫《はんらん》が起きるという時に、有益な情報だとレオンさんが喜んでいた。

……基本的に無表情だから、多分、喜んでたんだと思う。

実験の結果からすると、ゲームではプロテクト・シールドとエリア・プロテクト・シールドの効果は一緒だったから、魔の氾濫が起こったら、エリア・プロテクト・シールドとエリア・マジック・シールドだけをかけておけばいいってことだよね。

エリア魔法も効果は多分三十分くらい？　これも後で確認しておかなくちゃ。

とすると、えーっと、MPポーション一本でMP30回復だから、三十分おきにMPポーションを二本飲めば何とかなるかな。

あ、そうだ。MPハイポーションがアイテムボックスにあるはず。あれならMP50回復だからちょうどいいんじゃない？

えーっと、あとは……。

私の使う攻撃魔法の効果をもう少し抑えて、対象の魔物だけに魔法を当てることができるようにする、なんだけど……とりあえず今のところは、私は後方支援なので練習の必要はない。

だけど、そうは言っても。

やっぱり、いざという時のために、練習だけはしておいた方がいいよね。

今日はもうずっとヒールの練習をしていたから、やるとしたら明日からかなぁ。

フランクさんみたいに、すぐにできるようになればいいんだけど……。

第十一章 魔の氾濫の始まり

ゴブリンの群れが現れてから、本格的な魔《ま》の氾濫《はんらん》が始まるまでは約一カ月。それが今までの常識だった。

でも——

ヒール飛ばしの有効距離を検証していた知識欲に燃えるフランクさんにつきあった次の日の私は、疲れ切ってお昼近くまで寝てしまった。

ねぼけまなこをこすって何とか起きると、昨日はしっかり私を抱きこんでいたアマンダさんがいない。

どうしたんだろうと思って様子をうかがうと、砦《とりで》の中が蜂《はち》の巣《す》をつついたような大騒ぎになっていた。

な……何？　どうしたの？

どうしたらいいか分からずに部屋の中でオロオロしていると、やっとアマンダさんが戻って来た。

「ユーリちゃん、起きた？」

「あ、はい。寝坊しちゃってごめんなさい」

「いいのよ。それだけ疲れていたのね」

アマンダさんは私の髪の毛を手で優しくすいてくれる。

えへへ。お姉ちゃんはいなかったけど、もしいたら、こんな感じなのかな……。

思わず頬《ほお》を緩《ゆる》ませる私とは反対に、アマンダさんはどことなく強張った顔をしていた。

あれ？　どうしたのかな。

「ユーリちゃん、よく聞いて。魔の氾濫が始まったわ」

「——え？　だって、魔の氾濫が始まるのは一カ月くらい後だって……」

「そのはずだったんだけど、今回は何もかもがおかしいの。そもそも魔の氾濫が起きるのは十年に一度で、まだあと二年も猶予《ゆうよ》があるはずだったのよ。おかげで、こちらの準備は全く整っていないわ。ユーリちゃん、お願い。攻撃はしなくていいから、私たちに強化の魔法をかけて欲しいの」

「アシストなら任せてください」

それだけならすぐにできるのに、どうしてアマンダさんは思いつめたような顔をしているんだろう。

「ワーウルフの群れが、ここから離れた村を襲《おそ》ったの。今朝早くに、生き残った村人が助けを求めに来たわ」

ワーウルフっていうのはエリュシアオンラインでもよく見た、狼の魔物だ。その鋭い爪と牙で人に襲い掛かる、それほど強くはない魔物だけど、戦う手段のない村人にとっては脅威となる。

そのワーウルフの群れとなると、村人たちは……。

「む……村の他の人たちは……？」

「分からないわ。だけど、一人でも生き残った人がいるなら、私たちは命をかけてその人を助けなくてはいけない。それが、アレス王国の騎士の務めだから。……騎士じゃないユーリちゃんに頼むのは筋違いだと分かっているけど……それでも……お願い」

「村は、遠いんですか？」

「そうね」

「どれくらい遠いんですか？　馬で行くとどれくらい？」

プロテクト・シールドの効果があるのは三十分だ。もしここでかけたとしても、移動に時間がかかるなら、実際に効果があるのは短い時間になる。それじゃ、せっかく防御魔法をかけても、意味がない。

「二十分、というところかしら」

「だったら、効果があるのは十分だけ……？」

十分なんて……たったそれだけの時間しかなくて、ワーウルフを壊滅させることができるんだろうか。

ゲームの中ではそれほど怖い魔物じゃなかったけど、この世界では強い魔物かもしれない。一匹ならそれほどでもないけど、群れになったら手強い相手かもしれない。

もし、その十分で倒せなくて、アマンダさんたちの敵《かな》わない魔物だったら……アマンダさんたちは、死んじゃうかもしれない……？

嫌だ！　そんなの嫌だ！

だって皆、凄《すご》く優しくしてくれた。

いきなりこの世界に来て途方に暮れてた私に、ここにいていいよって言ってくれて——そんな優しい人たちを見捨てることなんて、できないよ。

「私も……行きます」

「何を言いだすの？　子供が行くところじゃないわ」

「だけどっ。防御魔法もかけられるし、回復魔法も使えます！　お願いです、私も連れて行ってください！」

頭を下げてお願いすると、頭の上から大きなため息が聞こえた。

「分かったわ。その代わり、絶対に無茶はしないこと。それから私かアルゴと一緒にいること。ちゃんと守れる？」

「はい！」

ゲームでは次々に魔物を倒してきたけど、本当に倒すことになるなんて……。

でも、昨日決めたじゃない。

第十一章 ▶▶▶ 魔の氾濫の始まり

私が何もしないで誰かが傷つくよりも、私にしかできないことをして、力になるんだって。

だから、私も賢者《けんじゃ》としてがんばる！

大慌てで白猫ローブを着てアマンダさんの後について行くと、広場には、鎧《よろい》を着た人たちが大勢集まっていた。壁際にはたくさんの馬が並んでいる。

よく見ると女性騎士も三分の一くらいいるけど、皆、男性騎士ほどしっかりした鎧じゃなくて、胴だけを覆う軽鎧を着ている。アマンダさんも、同じような形の赤い鎧を身にまとっていた。

なんだか、私だけ白猫のローブを着ていて、凄く浮いてる……。

昨日の夕食の時に、レオンさんから紹介されてるけど、場違いな奴だな、って視線をビシバシ感じます。

「ユーリちゃん、こっちこっち」

その鎧を着ている人たちの中に、茶色の髪のアルゴさんを見つける。おいでおいでと手招きされて、アマンダさんと一緒に向かう。

「アルゴさん、魔の氾濫が起きたって聞きました……」

「うん。今日の早朝にね、近くの村が魔物に襲われたらしい。生き延びた村人が砦に助けを求めに来たんだ」

「私も行きます！」

「危ないからダメだ」

初めて聞く、アルゴさんの固い声。

でも——ここは引けない！

「アルゴさんがダメって言っても、絶対に行きます！　私のモットーは、やらずに後悔するなら、やって後悔しろ、なんです。……あ、あわわ。いえ、その、やっても後悔はしないですよ？　ホントですよ？」

ああああああ。ダメじゃない私。

やって後悔しちゃダメじゃないいいいいい。

思わず頭を抱えてしまう。

すると、苦笑するような気配がする。

「そこまで決心してくれているのなら、僕も止めはしないよ。ただ、決して無茶はしないようにね」

アマンダさんにも同じことを言われたんだけど、そんなに無茶をしそうに見えるんだろうか？　私、ごくごく普通の子なのに。

「じゃあ、ユーリちゃんには僕とアマンダと団長でパーティーを組んでもらおうかな。範囲の身体強化魔法を砦の皆にかけてもらった後は、僕とアマンダがユーリちゃんを守るから、団長一人を回復して欲しい」

「分かりました。がんばってみます」

「ありがとう。ごめんね。こんなに小さい子なのに、魔物との戦いに連れて行くなんて。しかもこんなに軽装で……。でも絶対にユーリちゃんは守るからね」

さすがに砦にはちびっこ用の装備なんてないと思う。

あ、でも、杖ならアイテムボックスにLv.1から装備できる杖があったはず。基本的に杖を装備すれば基礎魔力が上がって、攻撃魔力も回復魔力も上がるはずだから、それを使えばいいかな。

それに賢者だし、杖を持ってないとカッコがつかないもんね！

「ゲオルグさんがこの服に防御の魔法陣をつけてくれたから大丈夫です！　それに自分にヒールできるから、安心してください」

多分、プロテクト・シールドをかけていれば、Lv.1でも即死はしないと思う。HPが1だけでも残ってれば、ヒール連打でどうにかなるしね。

うん。大丈夫。がんばれる。

その時、馬に乗ったレオンさんが広場へとやって来た。

馬上のレオンさんは、黄金《おうごん》の髪をなびかせ、エメラルドの瞳であたりをゆっくりと見回した。

その姿は、こんな時にこんな不謹慎なことを思っちゃいけないんだろうけど、白銀の鎧を着ているこどもあって、まさにおとぎ話の王子様のようだった。

「我がアレス王国の勇敢なる騎士たちよ。謙虚《けんきょ》であり、誠実なる我が同胞よ。ついに魔の氾濫が始まった。これより我がイゼル砦の騎士たちは、一丸となって魔の侵攻より我らが民を守る盾になろう。民に仇なす魔物どもを屠《ほふ》る剣となろう。さあ、ダスク村へ行くぞ！」

「おおおおおぉぉぉぉぉ！」

騎士さんたちが呼応するとレオンさんの前の道がさっと開く。その開いた道をレオンさんが通ると、騎士さんたちは壁際につながれた馬のもとへ走って騎乗した。

私も、アルゴさんの馬に一緒に乗せてもらう。

あ、今のうちに、アルゴさんとパーティー組んじゃった方がいいよね。

「アルゴさん、アルゴさん。今のうちにパーティーを組みましょう。お願いします」

「うん。よろしくね」

手綱《たづな》を握っているアルゴさんの手を握ると、ミッションウィンドウが現れた。

よし、できた。

「ユーリちゃん。舌をかんじゃうかもしれないから、そのまま喋らないで聞いてね」

魔物に襲われたというダスク村に向かう途中で、アルゴさんが話し始めた。

「魔の氾濫が始まって、魔物が増えるその先に、魔の森《まもり》から魔物の王が生まれるっていう話は前にしたよね？」

えーっと。確か、変異種から特異種の魔物の王が生まれる、だっけ？

「それはゴブリンキングだったりオークキングだったり、その時によって違うんだけど、大抵はその魔物の王が属する種族が爆発的に増えるんだ。ゴブリンキングの場合は、それこそ大地が埋め尽くされるほどのゴブリンが現れるらしい」

うわぁ。それってまさにイナゴ状態だよね。

第十一章 ▶▶▶ 魔の氾濫の始まり

「前回の魔の氾濫の時は、アンデッドが大量に湧いてね。生まれた王はアンデッドキングだった」

アンデッドキング——魔皇国《まこうこく》にあるダンジョンのラスボスがそんな名前だったかも。元々死んでるから何度も蘇《よみがえ》って、しかもその度にパワーアップして出てくるっていう厄介な敵で、倒すのが凄く大変だった記憶がある。

あ、そうそう。アンデッドだから、アップデートの後に実装された当初は聖水をかけただけで倒せちゃったらしくて、すぐに修正されちゃったんだっけ。

「アンデッドキングは不死の王と呼ばれているくらい強くて、エリュシアの六つの国の強者が皆で協力しても、なかなか倒せなかったんだ。でもそこに、六人の英雄が現れた」

英雄かぁ。かっこいい響きだよね。

「そのうちの一人はまだ十六歳の少年だったんだけど、自らの剣に魔法の力をまとわせて、アンデッドキングに立ち向かったんだ。そして仲間と共に死闘を繰り広げた。一人、また一人と倒されていく中、最後の一人が何とか止めを刺して倒した。そして、魔の氾濫は終わりを告げたんだ。その英雄の名前は、レオンハルトっていうんだよ」

なるほどぉ。英雄さんだけあって、名前もかっこいいよね。

「まだ分からない？」

え？　何が？

「その英雄って、団長のことだよ」

えええええええ。そうなんだぁ。

レオンさんって英雄さんだったんだ！

って、……でも、あれ？

八年前に十六歳？

ってことは今二十四歳？

えええええええええええ。

もっと老けて見えますよぉぉぉ。

なんだろう。レオンさんが英雄さんだったってことより、二十四歳だって事実の方が衝撃です。老け……あ、いや、ずいぶん、落ち着いて見えるなぁ……。三十前後くらいの年齢《ねんれい》だと思っちゃってた。

「だからね、ユーリちゃんは団長がいる限り安心していいよ。あの人はこのエリュシアでおそらく一番強い人だから」

ああ、そっか。アルゴさんは私が不安にならないようにこの話をしてくれたんだね。

わざわざありがとう、アルゴさん。

「さあ、そろそろダスク村だ。手前で一旦斥候《せっこう》を出すから、その時に他の人ともパーティーを組んでもらえるかな？」

私は返事の代わりにこくんと頷《うなず》いた。

◇　◇　◇　◇　◇

馬を下りた場所はダスク村から少し離れた場所だった。そこでレオンさんとアマンダさんとパーティーを組む。

あとは杖を装備して、っと。

うーん。何があるかなぁ。ちょっとアルゴさんの陰に隠れて装備のチェックをしてみよう。とりあえず猫のポシェットに手を入れてから出せば、怪しまれないよね。

「アイテムボックス・オープン」

小さい声で呟くと、脳裏にゲームと同じマス目で区切られたウィンドウが現れる。

えーっと。Lv.1から装備できる杖は……と。

これしかないなぁ。運営さんからお正月のお祝いでもらった『ゲッコーの杖』。

エリュシアオンラインの運営さんは、お正月にはプレイヤー全員におみくじ箱を配ってくれるんだけど、それを開くと様々なアイテムが出てくる。おみくじというより、福引みたいなものかな。

小吉はMPポーション五個で、大吉はなんと杖！

しかもこの杖、稀《まれ》に大当たりが出て、それが『月光の杖』っていう凄い杖だったの。攻撃魔力が一・五倍になるというチートアイテムで、エリュシアオンラインでも持っている人は三人だけっていう噂《うわさ》だ。

うん。私の持ってる『ゲッコーの杖』は、名前だけは似てる、ただのオシャレ装備なんだけどね。大吉が出て「やったー！」と喜んだ後のあの脱力感といったら……。

でもいいの。杖の先に琥珀《こはく》っぽい珠《たま》がついてるから、持ってると賢者っぽいもん。

じゃあ『ゲッコーの杖』を出して、っと。

うわぁ。思ったよりも大きい！　私の背丈より高さがあるんじゃない？

「ユーリちゃん、それ、どこから出したの？」

私が持つ『ゲッコーの杖』を見て目を丸くするアマンダさんに、私はにっこり笑った。

秘儀、笑ってごまかせ！

「このポシェット、見かけによらずたくさん入るんです」

振り向いたアルゴさんも驚いたけど、アマンダさんと二人して深いため息をつく。

「……ユーリちゃんが規格外れなのは、今さらね」

「そうだな」

え、えへへ。

気を取り直した私は、杖を掲げてエリア・プロテクト・シールドを皆にかける。

「私とイゼル砦の騎士さんたちを対象に、エリア・プロテクト・シールド！」

エリア魔法をかけた時に、誰が味方で誰が敵かとか分からないから、とりあえずこんな感じで対象を指定してみたんだけど……。これで大丈夫かな。

《エリア・プロテクト・シールド発動しました。範囲内のイゼル砦に所属する者全員に物理防御。成功しました。カウントダウン開始します。残り時間三十分。二十九分五十九秒、五十八、五十七……》

詠唱すると、赤い小さな盾が皆の周りに現れてくるくると回る。

うん。これで良かったみたい。

小さな盾を見て騎士たちが軽くどよめくけれど、レオンさんが指示を出すと静かになった。

「これは異国の魔法で、身体強化をしてくれる。効果時間は三十分だ。プロテクトの魔法は効果が重なるから、使えるものは自分にかけておくように」

今回倒すのはワーウルフだから魔法防御はいらなくて、物理防御だけをかける。元のＭＰが１２５で残りのＭＰは95だから、エリア・プロテクト・シールドのＭＰは30になる。

ＭＰは十分あるから、いっぱいヒールできるね。それに猫ポシェットにはＭＰポーションがたくさんあるし！

そういえば、前回のゴブリンの時もよく考えたら魔法防御はいらなかったかもしれない。焦って魔法防御もかけちゃって、それで魔力切れになったとか恥ずかしい……。

「団長、まだワーウルフは村の中にいるようです。生存者は外からは確認できませんでした」

「そうか……。生き残りがいればいいが。……よし、行くぞ！　私の後に続け！」

斥候《せっこう》の人の報告を聞いて、レオンさんがダスク村へと馬を走らせ、騎士の人たちがその後に続く。私とアルゴさん、そして横に並ぶアマンダさんは、ほぼ最後尾だ。

「ユーリちゃんの安全の為に、団長へは、ヒールできるぎりぎりの範囲から回復を飛ばしてね。他の人はフランクが回復するわ」

「は……はい」

いよいよ魔物と対決するんだ……。

怖い……けど、大切な仲間を守るために私も戦う！

イゼル砦の騎士の皆は、馬から下りて村へと入った。

私は入り口のほうで、ヒールを詠唱するために待機する。両隣にアルゴさんとアマンダさんがいるから心強い。

「我、身に宿《やど》りし水の力の具現を願う。我が剣に、まとえよ水！」

「我、身に宿りし炎の力の具現を願う。我が剣に、まとえよ炎！」

村に入ると騎士たちが剣に魔法属性をつけた。アルゴさんとアマンダさんも、それぞれ剣に水と炎をまとわせている。

少し前にいるレオンさんは……あれは雷属性、だろうか。なんだか剣から光が出てる。

そしてその向こうに、灰色の毛を持つワーウルフの群れがいた。

レオンさんはきらめく剣でワーウルフの群れに斬りつけた。

ザシュッと音がして、ワーウルフの首が落とされる。他の騎士たちも次々と斬りかかり、あたりには血の匂いが充満してきた。

もちろんワーウルフも反撃していたけど、魔法剣を持つ騎士相手ではその牙も爪も通用しないらしく、どんどん倒されていく。

魔法を帯びた剣が次々とワーウルフを殺していく。

魔物といえども、命が刈り取られていく様子はとても残酷で目を逸らしたくなる。

だけど私も戦うって決めたから……。

だから……だからがんばる！

水を、炎を、雷をまとった騎士たちの剣が、次々とワーフルフを倒してゆく。

白の、赤の軌跡が宙を舞う。

合間にほとばしる、真紅《しんく》。

レオンさんはまさに一騎当千の働きで、ヒールなんて必要ないくらい強かった。襲いかかるワーウルフの群れを、一刀の煌《きら》めきで次々に屠ってゆく。

私のところに向かって来たワーウルフもいたけど、アルゴさんとアマンダさんによって倒された。

重いものがどうっ、と倒れる音。

倒れ伏すワーウルフの下からじわじわと染み出る赤い血。それはすぐにかさついた地面へと吸い込まれていった。

「これより生き残りの村人の捜索を行う！　アルゴとアマンダとユーリはそこで待機。他の者は村の奥へ行くぞ。隠れているワーウルフに気を付けて探索を行え！」

レオンさんの号令と共に、騎士たちは村の奥へと散って行った。

残された私は、思わず崩れ落ちそうになり、アルゴさんに支えられる。

「ユーリちゃん、大丈夫かい!?」

「あ……あんまり大丈夫じゃない、です……」

攻撃魔法どころか、ヒールすらもしていないっていうのに、足がガクガクして立てない。

これが……戦い。

ゲームの狩りとは違う、これが本物の魔物との戦い。

頬をなぶる生暖かい風と、むせ返る血の匂いにめまいがする。

でも……と、ぎゅっと手の平を握る。

ここで、この世界でがんばるって決めたから。

元の世界には帰りたいけど、それでも今私がいるのはここだから。

ここで、今できることをがんばろう。

「ちっちゃい子にはキツイわよね。でも、この世界では小さくても強くなければ生き残れないわ。ユーリちゃんも強くなるのよ」

赤い髪を風になびかせて、真紅の瞳でひたと私を見据えるアマンダさんは、まるで物語に出てくる戦乙女のようだった。油断なく構えたままの剣には、赤い炎が燃えている。

「でも……正直、泣いたり気絶したりするかと思ってたけど……がんばったわね」

「私……がんばってますか……？」

「ええ、とっても」

まだ手も足も震えてる。

だけど……。

がんばってるのを認めてもらえて……嬉しい。

身体強化呪文だけしか唱えられなくて、後はこうやって庇《かば》われるだけの私だけど、それでももっとがんばって、いつか皆の力になりたい。

「アマンダ！　後ろ！」

そんな風に思っていると、突然アルゴさんが叫んだ。

「はっ」

振り向きざまに、炎をまとった剣がいきなり襲ってきたワーウルフを斬る。そして返す剣でもう一度斬る。

村の奥から逃げて来たらしきワーウルフは、そのままドサリと倒れ伏した。

アルゴさんの背に庇われた私の頬に、返り血が飛ぶ。

ひっと息を飲んで固まっていると、倒れたワーウルフの向こうからグルルルゥという唸《うな》り声が聞こえた。アルゴさんの体の陰からそっとのぞくと、そこにいたのは灰色じゃなくて、青みがかったワーウルフだった。

「ちっ。変異種か」

変異種？　確かそれって、普通の個体より強くて大きいって言ってなかったっけ。

「アマンダいけるか!?」

「ええ。アルゴはそのままユーリちゃん守ってて！」

「任せろ」

アルゴさんは私を背に庇ったまま、ジリジリと後ろに下がった。青いワーフルフは、一瞬だけこっちを見て、すぐに剣を構えるアマンダさんへと視線を移す。

そして頭を低くすると、次の瞬間にはアマンダさんに飛び掛かった。

「――――！」

私は声にならない悲鳴を上げた。

アマンダさんは炎の剣で喉元《のどもと》に迫った青いワーウルフの牙をはねのける。でもすぐにその鋭い爪が、アマンダさんの左腕をえぐった。

ザクッ。

肉の切れる音。

それと同時に聞こえるアマンダさんの、くぐもった悲鳴。

「ユーリちゃん、ヒールを！」

そ……そうだ。ヒールすれば！

「ア、アマンダさんに……ヒール……」

震えながら、アマンダさんにヒールを飛ばす。

《対象者・アマンダにヒールを飛ばします。……回復しました》

銀の光がアマンダさんへと降りかかる。
するとアマンダさんはすぐに体勢を整えて、再び剣を構え直した。
怪我した左腕を見ると、破れた服からは綺麗《きれい》な肌色が見えている。
良かった。……回復できてる。
アマンダさんは再び青いワーウルフと対峙した。
青いワーウルフも頭を下げたまま、視線をアマンダさんに向け低く唸っている。
青いワーウルフの背中がグワンと盛り上った瞬間――
大きく跳躍した！
あ、危ないっ！
アマンダさんは冷静に、剣を目の前で構える。
「炎刃両断《えんじんりょうだん》」

《スキル・炎刃両断、発動しました。対象・ワーウルフ》

そして炎の勢いが増した剣で、迫って来るワーウルフへと斬りつける。

ギャウゥゥゥゥゥゥウ！

青いワーウルフが、鼓膜《こまく》が破れるかと思うほどの声を上げる。

《炎刃両断・命中。ダメージ率60》

「ダメージ率が分かるの!? 最高じゃない」

アマンダさんが凄艶《せいえん》なまでの笑みを浮かべる。

だけどまだワーウルフは倒れない。

ガリィッ、ガリッ。

ワーウルフの爪がアマンダさんの肌をえぐる音が聞こえる。

アマンダさん！

「さあトドメよ！ 炎刃両断」

アマンダさんは傷ついた腕でもう一度剣を振り下ろす。

《炎刃両断・命中。ダメージ率60。ワーウフルフ、消滅しました》

「アマンダさんにヒール！ アマンダさんにヒール！ アマンダさんに——」

《対象者・アマンダにヒールを飛ばします。……回復しました》
《対象者・アマンダにヒールを飛ばします。……回復しました》
《対象者・アマンダにヒールを飛ばします。……回復しました》

ワーウルフの断末魔の叫びが、そしてその爪が肌を切り裂く音が聞こえなくなるまで、私は何度も何度もヒールを唱えた。

「ユーリちゃん、ユーリちゃん。もう大丈夫だから。もうヒールしなくても大丈夫よ」

気がついたら、アマンダさんに抱きしめられて、背中を優しく撫でられていた。

「ア……アマンダさん……」

見上げたアマンダさんの体をぺたぺたと触る。

「痛い所はありませんか？　どこか、痛い所はありませんか？」

「大丈夫よ、ユーリちゃんが回復してくれたから。ありがとうね。でもちょっとヒールしすぎだわ。最後のほうは全回復してるところにヒールしてたわよ」

「アマンダさん、アマンダさん。うわぁぁぁぁん」

どこにも怪我をしていないのに安心したら、涙がボロボロとこぼれてきた。アルゴさんもがんばったね、と言って頭を撫でてくれるから、余計に涙が止まらない。

「無事か!?」

村の探索を終えたレオンさんが戻ってきて、泣いている私に声をかけてくれる。その後ろには騎士さんたちも続いている。けれども、村人らしき人の姿は……ない。

「っ。変異種か、こちらに逃げていたとはな」

レオンさんは倒れている青いワーウルフを見て、眉をひそめた。

「幸い、特異種になるほどの強さじゃありませんでしたよ」

同じようにワーウルフに目を向けたアルゴさんが言う。

「キングが現れるのはまだ先だろう」

「どうですかねぇ……。ゴブリンの出現も早かったたし、変異種だって普通はこんなに早く森の外へは出てこないでしょう？　早くても前兆から二週間ってところじゃないですか？」

「確かに異常な早さだな。……魔の森で何かが起こっているのか……？」

「それを調べる為にも、早急に魔の森へ探索に出る用意をしなきゃいけませんね」

アルゴさんは腰に下げた袋から布を出すと、剣の血をぬぐってから鞘《さや》に納めた。

「準備に何日かかる？」

「せめて三日ですかね」

「できるだけ急いでくれ」

「了解しました。ところで村人は……？」

アルゴさんの問いに、レオンさんは首を振ることで答えた。

「まあ、変異種がいた時点で厳しいですよね。むしろ一人だけでもよく逃げ延びたものです」

「そうだな。……ああ、ユーリとアマンダは他の女性騎士と一緒に砦に先に帰っていてくれ。

私たちはまだ事後処理がある」

　事後処理って……。

　もしかして、亡くなった人を埋葬するのかな……。

「分かりました。じゃあユーリちゃん、帰りは私の馬に乗ってね」

「はい。よろしくお願いします」


　そうして私の初めての魔物討伐は、こんな風に終わったのだった。

第十二章 ついにレベルアップ！

The Small Sage Will Try Her Best In The Different World From Lv.1!

その日の夜はたくさん悪夢を見て、たくさんうなされて、たくさん泣いた。そしてアマンダさんに、いっぱいいっぱい背中をさすってもらった。

夢の中では九条《くじょう》悠里《ゆうり》が、ユーリ・クジョウが、何回もワーウルフに食べられた。

そしてお腹の中で、二人は一人になった。


翌日の目覚めは最悪だった。どんな夢を見ていたのか覚えてないけど、たくさん泣きすぎて、頭が重い。

う〜。

アマンダさんは忙しいのか、もう部屋にはいなかった。

体調も良くないし、と一人でベッドにゴロゴロしていたんだけど……。

「そういえば、ステータスってどうなってるんだろう」

昨日の魔物討伐で私は全然攻撃してないけど、パーティーを組んでたレオンさんたちはたくさん魔物を倒していた。

ゲームでは、パーティーを組んでいれば、攻撃に参加していなくても経験値をもらえたはず。

ちょっと確認してみようかな。

「ステータス・オープン」

ユーリ・クジョウ。八歳。賢者《けんじゃ》Lv.8
HP　198
MP　195
所持スキル
　　魔法　100
　　回復　100
　　錬金　100
称号
　魔法を極めし者
　回復を極めし者
　異世界よりのはぐれ人
　幸運を招く少女

凄《すご》い！　レベルがいきなり８に上がってる！

それにＨＰとＭＰも上がってる。わーい。やったぁ。

あと……あれ？　称号が増えてる。

幸運を招く少女、だって。運がいいってことかな？

うん。確かにこの世界に来てからいい人たちばっかりと巡り会ってるから、運がいいよね。

だからこの称号がついたのかもしれないな。

でもレベルアップの時は、ゲームみたいに音が鳴るのかと思ってたけど、いつの間にレベルアップしたのか分からないね。

もしかしたら、ゲームと同じで寝て起きたらレベルアップだったりして。

やっぱり昨日、レオンさんたちが戦って倒した分の経験値も、もらえたみたい。

戦う……かぁ。

そうだよね……。強くなるためには、戦わないとダメだよね……。

ゲームだったら、目の前の魔物に斬りつけたって何したって、胸は痛まないんだけどなぁ。

魔物も血が出る生き物だと思うと、やっぱり倒すのに躊躇《ちゆうちよ》する。

だけど魔物なんだから、倒さなかったらこっちがやられちゃうし……。そう。ダスク村の人たちのように。

そうだ。ためらっちゃダメだ。

相手が魔物じゃなくて、たとえばライオンだったとして。襲《おそ》われた時に、銃を持ってたら、私は引き金を引くと思う。

魔物だってそう。

抵抗しなかったら殺されるんだから、戦って倒さないと。

でもその前に、魔法の威力を下げないとダメかもしれない。

せっかく賢者になったのに、宝の持《も》ち腐《ぐさ》れって気がするよ……。

戻って来たアマンダさんと朝食を摂りながら、魔法の練習の話をすると、う〜んと考えて、レオンさんに話してくれることになった。

忙しいのに、お手数かけてすみません……。

でもそのおかげで、午後になったら魔法の練習をすることになりました。

魔法を教えてくれるのは、イゼル砦《とりで》の魔法使いさんです。

昨日の討伐に一緒に行ったのは魔法剣士さんばっかりだったから、魔法使いはいないのかと思ってたんだけど、ちゃんといたみたい。なんでも皆で魔物討伐に行っちゃうと砦の守りが薄《うす》くなるから、砦の中で待機していたんだって。

その魔法使いさんにこれから会わせてくれるということで、レオンさんの執務室でレオンさんとアマンダさんと一緒に待っているところだ。

「緊張します……どんな人なんでしょう」

やっぱり魔法使いだから、童話に出てきそうな、黒いローブを着て長い髭《ひげ》のおじいさんかなぁ。それか、耳のとがったエルフでもいいんだけども。

エリュシアオンラインだと、エルフは魔力が高いから、魔法使いになりたい人が選んでることが多かったんだよね。私も、きちんと調べてキャラメイクしていたら、エルフの種族を選んでたと思う。

「ちょっときつい言い方をすることもあるけど、いい子よ。十六歳でまだ若いけど、魔法の天才と呼ばれているわね」

おお。そんな凄い人なんだ。仲良くなれるといいなぁ。男の子かな、女の子かな。

わくわくしながら待っていると、トントンと執務室のドアがノックされた。

「セリーナです。団長がお呼びと伺いました」

「入れ」

カチャリと音がして、ゆっくりとドアが開く。

そこに現れたのは、金色の髪をくるくると巻き毛にして、シンプルだけど質の高そうなドレスを着た、ちょっと釣り目気味で金髪《きんぱつ》碧眼《へきがん》のビスクドールのような女の子だった。

うわぁ。今度はお姫様だぁ……素敵……。

その人は、本当のお姫様のようにゆっくりと身を屈めてドレスをつまみ、それはそれは優雅なお辞儀を見せてくれた。

す……凄いよ！　まるで映画みたいだよ！

「セリーナ・ライヴリー、参上いたしました。どのようなご用件でしょうか」

「セリーナ、ここは宮殿ではないと何度言ったら分かるんだ。さっさと顔を上げろ」

「はい。レオンハルト様」

レオンさんに言われて、セリーナさんと呼ばれた女の子はゆっくりと顔を上げた。

うわぁ。近くで見ても、凄く綺麗《きれい》。本当にお人形さんみたい。

「君には、ここにいるユーリ・クジョウに魔法の制御を教えてやってもらいたい」

「先日から噂《うわさ》になっている異国の神官ですか？」

「ユーリは神官ではなく、賢者という職の者なのだそうだ。回復魔法と攻撃魔法のどちらも使える。だが攻撃魔法に関しては、威力が大きすぎて味方を巻き込みかねないらしい」

「どちらも……？　なるほど、それで魔法の制御ですか」

「頼まれてくれるか？」

「それがレオンハルト様のご命令なら」

「頼んだぞ」

「かしこまりました」

セリーナさんはまた綺麗なお辞儀をすると、ゆっくりと私の方を向いた。青い瞳がじっと私を見つめる。

「ごきげんよう。セリーナ・ライヴリーよ。これから私が、あなたに魔法の制御を教えるわね。魔法の制御といえど、教えるのであれば子供だからと言って手加減はしません。それでもいいかしら？」

「あ、あの。私はユーリ・クジョウです。えっと、がんばりますので、よろしくお願いします」

十六歳にしては凄く大人《おとな》っぽい人で、なんだかこっちの子供っぽさが恥ずかしくなっちゃうなぁ。元は私の方が年上のはずなんだけど。

でも……なんだか、前より子供っぽくなってるような気がするんだよね。すぐ泣いちゃって涙が出るし。なんでだろう。

もしかして、体の方の年齢《ねんれい》に精神年齢が引きずられている……なんてことはないよね？

「練習は、地下の訓練場がいいわね。じゃあ早速行きましょうか」

フランクさんとヒール飛ばしの練習をした訓練場へと、三人で向かう。

魔法攻撃を吸収してくれる壁があるから、思う存分練習できるのがいいね。

「ここならユーリちゃんも思う存分、魔法を使えるわね。本当はまだ魔法が使えることは隠しておきたかったんだけど……」

「え？」

「何でもないわ」

最後のほうの声が小さくてよく聞き取れなかったけど……たいしたことじゃないのかな。

「では早速始めましょう。アマンダさんも見ていきますか？」

「そうね、少し見ていこうかしら」

「では、そちらにお掛けください」

部屋の隅の椅子にアマンダさんが座ると、セリーナさんの話が始まった。

私たちが使う魔法は、この世界に空気のように存在している魔力を使っているものなのだそうだ。

魔法使いたちは長い詠唱でその魔力を集めて凝縮《ぎょうしゅく》して、魔法を行使する。そしてその時に対象を定めるように魔力を使えば、魔物なら魔物だけにその魔法が適用される、ということらしい。

う〜ん。分かったような分かってないような……。

私の場合は、そんな長く詠唱しないし……どうやって対象を定めればいいんだろう。パーティーを組んでる状態なら、エリーのナビゲートがあるけど、私だけの場合は、エリーは喋ってくれないんだよね。

「とりあえずあなたの魔法がどんなものか見せてもらうわ。中央の木の人形に魔法をあててちょうだい。得意な魔法は何？」

「特には……」

「では使える魔法の属性は？」

「雷と風と火と水と土です」

「……全属性……」

セリーナさんは驚いていたけど、すぐに気を取り直した。

「じゃあウィンド・アローは使える？」

「はい」

「それであの人形を攻撃してみてちょうだい」

えーっと、なるべく威力を小さくするように意識するといいのかな。あ、でもそうじゃなくて、対象だけに魔法が効くようにするんだっけ。

とりあえずやってみよう。

「ウィンド・アロー！」

ゴオオオオと音を立ててたくさんの風の矢が飛んで行った。

でも木の人形には当たらない。

やっぱりダメかぁ。

でも、最初からできるはずもないしね。練習、練習。

「い……今のは一体……」

「セリーナ。団長の命令よ。訓練を続けて」

驚くセリーナさんに、アマンダさんが声をかける。

「えーっと。前の方へは向かうから、もうちょっと範囲を狭くすればいいのかな？」

「ちょっとお待ちなさい。先に、威力を弱める訓練をなさい」

事故が起こってからでは遅いのです、と言われて、確かにそうだなと納得する。

これじゃ、魔物を倒そうと思ったら、周りの人にも被害が出ちゃうよね。

でも、威力を弱める、かぁ。これで一番威力の弱い魔法なんだよね。それをこれ以上弱めるにはどうしたらいいんだろう。

うーん。思いつかないなぁ。

あ、そうだ。魔法はイメージなんだから、風の矢の数を減らしてイメージしたらどうかな。

……最初は一本くらいで。

よし。それでやってみよう！

「ウィンド・アロー」

風でできた一本の矢が、ヒュンと飛んでいく。

できたぁ！

じゃあ次は、目標に当てるだけだよね。がんばるぞー。

えーっと。そしたら、対象を目で見て確認するだけじゃなくて、言葉にしてみるとか？

うん。じゃあ試してみようっと。

「木の人形にウィンド・アロー」

魔法を詠唱すると、無数の風の矢が木の人形に向かって降り注ぐ。

やった！　大成功！

木の人形は粉々に刻まれて、ただの木屑になってしまった。

「ばかな……術名だけであれだけの魔力を引き寄せるの？　あり得ないわ……それにあの人形には防御の魔法を組み込んであるのよ……？　それが、あんな……」

ええっ。もしかして使い捨ての人形じゃなくて、何度も使う人形だったの!?

どうしよう。先に言ってくれないから、思いっきり壊しちゃったよ。

……ご、ごめんなさーい。

私が使うのって、ゲーム由来の魔法だから、もしかしたら色々と非常識かもしれません……。

どうせ壊れてしまうのなら、防御の魔法をかけた人形はもったいないということで、なぜかアマンダさんの提案で大きな丸太が運ばれて来た。

何ですか、これは？

「ちょうど処理したいなって思ってたのよね。魔法の練習ついでにこれを薪《まき》にしておいてちょうだい」

「は？」

「だって、薪になるくらいの木切れになるのを目標にするなら、細かい魔法の調整にちょうどいいでしょう？」

え？　そういう問題ですか？

「木なら魔《ま》の森《もり》にいっぱいあるしね。思う存分、やっていいわよ」

アマンダさあああん。そういう問題じゃないと思いますううううう。

◇　◇　◇　◇　◇

その日と翌日の魔法の訓練で、何とかウィンド・アローで丸太を薪のようなサイズに切るというミッションをクリアした。

私、がんばった！

何も考えられないくらい疲れたけど、充実感はあるかも。色々と吹っ切れたような気もするし。

それに、これでこの冬の備えはバッチリですよね。って何か違う～。

でもなぜかアマンダさんが「次はファイアー・ボールで薪に火をつけて、そのあと更にウォーター・ボールで消火すれば完璧ね～」と呟いていました。

あれ？　これって魔法の威力制御の訓練だよね？

簡単キャンプファイアーの練習じゃないよね!?

アマンダさんがどこへ向かおうとしているのか、さっぱり分かりません……。

もしかして魔の森の探索で、一人だけ迷子になってもサバイバルできるようにという親心でしょうか？

「う～ん。土魔法でかまどを作ればいいとしても、雷魔法は使い道がないわねぇ。ああ、でもかまどは難しいかしら？　煉瓦がいいかしら？」

……更なる呟きは聞こえなかったことにしましょう。

聞こえない、聞こえない。

「セリーナさん、魔法の訓練につきあってくださってありがとうございました」

私はセリーナさんへ向き直って、ペコリと頭を下げた。

第十二章 ▶▶▶ ついにレベルアップ！

もう少し魔力を濃縮するような感じ、とか、もう少し力を抜いて、とか。セリーナさんの的確なアドバイスには、とっても助けられた。

　セリーナさんは土以外の魔法を使うことができるらしく、しかもどの属性でも中級までの魔法を使えるのだとか。この世界では上級魔法は存在していないか、知られていないかのどちらかだから、エリュシアではかなり高位の魔法使いということで有名なんだそうだ。

　ちなみに私が最上級魔法を使えなかった理由はあっさり分かった。レベルアップした時にステータス画面で呪文のところをタップしたら、Ｌｖ．50以上で使用可、って書いてあったの。

　魔法スキルも回復スキルも１００なのに、レベル制限で使えないなんて、ひどい！

　上級職になっても、スキルをＬｖ．１から使えるための魔法スキル１００じゃなかったのぉ!?

　でも、そういえばギルドチャットで「上級職になったはいいけど、Ｌｖ．50の壁がぁぁぁぁ」なんて叫びを見たことがあるような気もするなぁ。

　その時、基本職の場合はレベル制限なんてなかったんだけど、やっぱり上級職ともなると違うんだね、なんて……。そう言えば、そんな会話をしたような気が……。

　えへへ。すっかり忘れちゃってた。

　まあ、そんな訳で、セリーナさんのおかげで立派な薪を量産……じゃなくて、魔法を対象だけに作用させることができるようになりました。

　これで、明日からの魔の森の探索の時も、役に立てるようになればいいんだけどなぁ。

「いいえ。それにしても賢者というのは、かなり特殊な魔法を使うのね。私も勉強になったわ」

　う～ん、賢者が特殊って訳でもないんだけど。今のところ、この世界に賢者って私だけみたいだから、そういうことにしておいた方がいいのかな。

「明日から魔の森の探索へ向かうけど、あなたも行くの？」

「た……多分？」

　セリーナさんに聞かれて首を傾《かし》げる。ちゃんとした要請はされてないけど、多分、一緒に行くんじゃないかな。

　あれ？　でもちゃんと言われてないってことは、もしかしてお留守番？

「そうね。一緒に行くことになると思うわ」

　その疑問にはアマンダさんが答えてくれた。

「そう……」

　セリーナさんは一度視線を落とすと、また顔をあげて私を見下ろした。

「ユーリ・クジョウ。あなたがどこの誰で、どこから来たのかはどうでもいいわ。でもね、これだけは覚えておいてちょうだい。もしもあなたがレオンハルト様に仇をなしたら……たとえ子供でも容赦《ようしゃ》はしない」

　思わずゴクリと喉《のど》を鳴らすと、セリーナさんは視線を外し、そのまま背を向けて訓練場から去って行った。

　この世界に来てから初めての、他人からのマイナスの感情。

第十二章 ▶▶▶ ついにレベルアップ！

あれは……あの視線には確かに私を排除できるのだという意思がこめられていた。

そしてそのことが、思ったよりも私の心を打ちのめす。

そ……そうだよね。私みたいにどこから来たのか分からない子が、レオンさんみたいな英雄のそばにいるなんて許せないって思われても当然だよね。今まで皆優しかったから、そういうのに気がつかなかった……。

「気にしないでいいわよ、ユーリちゃん」

その場に立ち尽くすしかない私の頭を、アマンダさんが優しく撫でてくれた。

「あの子は英雄レオンハルトの熱狂的な崇拝者なのよ。団長はアンデッドキングを倒してエリュシアに平和をもたらした後、まだ十六歳という若さでこのイゼル砦の砦主《さいしゅ》に任命されたの。それを聞いたセリーナは、団長の力になって一緒に戦いたいと願って必死に魔法を学び始めたんですって」

それにね、とアマンダさんは言葉を続けた。

「あの子、見れば分かるけど、貴族のお嬢《じょう》様なのよ。魔法使いになんてならなくても、貴族の令嬢として何不自由のない生活を送れるはずなの。なのに、どうしても団長の力になりたいって、無理を言ってこのイゼル砦に来たそうよ」

「そうなんですか……」

「まあ八年前の魔の氾濫《はんらん》は、一年も続いたしね。誰もが諦めかけた時に、団長がアンデッドキングを倒してくれたの。ユーリちゃんくらいの年だったセリーナが憧《あこが》れるのは、無理もないわね」

一年……そんなにも長い間、あのワーウルフの群れみたいなものが、街を襲い続けたんだろうか。

「魔の氾濫って、普通はどれくらいで終わるものなんですか？」

「どの変異種が魔物の王に進化したかによって強さが変わるから……。でも、そうね。早ければ一カ月。遅くても三カ月後には鎮圧されるはずよ」

「じゃあ一年って凄く長いんですね」

「ええ。だから人も街もかなりの被害を受けたわ。しかも八年前に現れた魔物の王はアンデッドキングだったから、アンデッドが大量発生したの。そればかりか、襲われた街の住民もアンデッド化してしまって悲惨だったわ」

ゲームと同じなら、スケルトンやゾンビなどのアンデッドは、特定の場所にしか発生しない。穢れた場所に死体を置いておくと、アンデッドとして蘇《よみがえ》るのだ。

だから普通のアンデッドは、発生したその場所に縛り付けられることが多い。よく墓地とか地下のダンジョンにしかアンデッドが発生しないのは、そういった理由だ。

アンデッドに殺された者は、百パーセントの確率でアンデッドとして蘇る。そしてその、蘇ったアンデッドの中で稀《まれ》に、土地に縛られないアンデッドが生まれることがある。それが『リッチ』と呼ばれるアンデッドの上位種だ。

リッチは青白い肌に白い髪、そして赤い目という特徴はあるものの、スケルトンやゾンビのように一目見てアンデッドだと分かる外見はしていない。

しかもリッチは土地に縛られることなく自由に動くことができ、自らが殺してアンデッドにした者たちを支配できる。墓地のダンジョンでボスとして現れるのは、大抵このリッチだ。

つまり、ゲームでの特性をこの世界に当てはめると、アンデッドの変異種であるリッチが、特異種であるアンデッドキングに進化したってことかな。

そっか。じゃあ、家族とか友達が殺されてアンデッドになっちゃって、自分を襲ってくるってことか。それは……かなり精神的にキツイなぁ。

「セリーナの住んでいた街も、そんな街の一つだったって聞いたことがあるわ。でも王さえ倒れれば、魔物は一気に統制をなくしてバラバラに動き出すの。そのおかげで壊滅から免れたということよ」

「そうですか……」

そんな辛い過去があったんだ……。

「セリーナは我がままを言ってこの砦に来るのが許されるほど魔法の腕が良いから、団長を追いかけてこられたんでしょうけどね」

「他にも砦があるんですか？」

「アレス王国には魔の森に沿って三つの砦があるけど、ここが一番大きいわね。大体この近くで、最初に魔の氾濫の前兆であるゴブリンの大繁殖《はんしょく》が発生するから」

ゴブリンかぁ。もう遭いたくないなぁ。

「私だって、イゼル砦にくる前は英雄に会えるって胸をときめかせたのよ」

「えっ、アマンダさんが？」

てっきり筋肉にしか興味がないのかと思ってたけど、実はそうじゃなかったの？

「当たり前じゃない。英雄っていうくらいだから、さぞかし素敵な筋肉を持っていると思って期待して来たのよ。それなのに団長ったら、全然筋肉を披露《ひろう》してくれないの。ちょっとくらい見せてくれてもいいのに、ケチだと思わない？」

訂正。やっぱり基準は筋肉でした。

「でももう理想の筋肉に出会えたからいいんだけどね。ふふっ」

「ゲオルグさんですよね？」

「ええ。名前も素敵でしょう？」

素敵な名前かどうかは、ちょっと私には分からないけれど。

にっこり微笑んでそう言われて、私に頷《うなず》く以外の選択肢は残されていませんでした……。

第十三章 野営設営はバッチリです

魔《ま》の森《もり》への探索が始まる日は、素晴らしいお天気に恵まれた。暑くもなく寒くもなく、時折吹く風はとてもさわやかだ。

アレス王国は一年中温暖な気候で、雨は適度にしっとりと降る程度らしい。

飲み水とか畑の水はどうするのかなと思ったら、霊峰《れいほう》メテオラから流れるいくつもの川と地下水を利用しているんだって。

そういえばイゼル砦《とりで》の近くにも川があったなぁ。飲み水は井戸から汲んでたけど。

そして今回の探索は、その川に沿って上流へと向かう計画だ。

魔物の探索は、気配探知のスキルを持ってる騎士さんがやるらしい。

気配探知か〜。いいなぁ。

多分、気配探知って狩人《かりうど》の持ってたスキルだと思うんだけど、私は狩人の職に就いたことがないから覚えてないんだよね。

ゲームではレベルアップしたら、その職に対応した新しいスキルを覚えられた。

でもこの世界の人は、覚えたいと思えば、どんな職業の人でも色んなスキルを覚えられるらしい。ただ、覚えやすさには差があるから、例えば魔法使いが剣のスキルを覚えるには、剣士の倍以上の鍛錬《たんれん》をしなくちゃいけない、なんてことになってるみたいだけど。

そうやって自分に必要なスキルをどんどん覚えて、強くなっていくって感じなのかもね。

「そういや嬢《じょう》ちゃん、魔法の腕が上がったんだって？」

「上がったっていうか……。ウィンド・アローなら、対象だけにダメージ与えられるようになりましたよ」

「へぇ。実戦で使えそうかい？」

「やってみないと分からないですけど、多分……？」

ちなみに現在、私はフランクさんの左の肩の上に乗ってます。

なんでこうなったんだろう？

私は、てっきり魔の森へは馬に乗って行くんだと思ってたけど、どうやら徒歩で行くみたい。確かに、よく考えたら木の枝とか蔦《つた》がたくさんあるから、馬になんて乗ってられないかも。顔に枝パンチされちゃいそうだもんね。

でも徒歩だとどうしても八歳児の足で歩いていたら皆から遅れちゃうし、どうしようかと思ってたら、フランクさんにひょいと肩に担がれました。

鍛錬にちょうどいいから、ついでに運んでくれるんだって。

フランクさん、神官さんですよね……？

鍛錬とか、どうして必要なんだろう……。

「魔法はいざって時のために取っておきな。基本は回復だけしてくれりゃいい。こいつらなんて、致命傷を負ってない限り、戦闘が終わってからゆっくり回復すりゃいいしな。わっはっは」

うひゃぁ。豪快に笑うと揺《ゆ》れますよ。バランスが崩れて危ないです。

一応、しっかりフランクさんが左手で私の体を支えてくれているけど、それでも油断すると肩から落っこちてしまいそうで怖い。

「でもこの間みたいに変異種が出たら……」

「魔の氾濫《はんらん》が始まったばっかりで、そうそう変異種がボコボコ現れるなんてことはねぇと思うけどな。もしもの時は魔法で援護してくれや。でも変異種の一匹くれぇなら、団長も魔法使いもいるからすぐ倒せるだろ。まぁ、そこらの魔物なんざ、うちの砦のやつらの敵じゃねぇさ」

「だったら、私、いなくても良かったような……」

それだけ強いっていうなら、どう考えてもオマケにしか思えません。

「まあな。でも気分転換にはなっただろう？」

フランクさんが右手で私の髪の毛を乱暴にかきまぜる。

ち……力が強すぎですってば。髪の毛がぐしゃぐしゃになっちゃいますよ。

それ以上の被害に遭わないために、白猫ローブのフードを頭にかぶる。

「その耳、よくできてんなぁ。まるで猫の獣人みてぇだ」

「獣人さんの国もあるんですよね？」

「ウルグ獣王国だな。嬢ちゃん、獣人に会ったことがねぇのか？」

「はい。いつか会ってみたいです」

ゲームキャラの獣人さんなら会ったことがあるけど、本物の獣人さんはイゼル砦にはいないんだもの。

耳とか尻尾がぴこぴこ動くのかなぁ。見てみたいなぁ。あと、できたら、触らせて欲しい。

「王都に行きゃあ、会えると思うぜ」

「王都ですかぁ」

賢者《けんじゃ》の塔のことを調べるために、いずれは行ってみたいけど。

現状では私の扱いはまだ迷子、ってことになっている。一応、王都へも私を捜している人がいないかどうか問い合わせをしてくれているらしいけど、当然のことながら、そんな人はいない訳で。

それ以上のことを調べようにも、魔の氾濫が始まってしまってそれどころじゃなくなってしまっている。本当なら、もっと安全な場所で保護した方がいいんじゃないかって話も出てたみたいだけど、そこまで送っていくだけの人数を割く余裕がないらしい。

だから私も、砦の中で大人《おとな》しくしていたんだけど……。

やっぱり知らない人ばっかりの中で、ずっと砦の中にいるのはストレスが溜まってたみたい。

レオンさんに探索に同行するかどうか聞かれて、すぐ二つ返事で答えちゃった。

「そのうち王都から増援が来るだろうから、そうしたら王都に送ってもらえばいいさ」

第十三章 ▶▶▶ 野営設営はバッチリです

魔物の王が出現する前に、安全なところへ避難する。

それは分かってるけど、フランクさんやアマンダさんと離れるのは、ちょっと寂しいなぁ。

そんなことを考えているうちに、フランクさんが立ち止まった。周りを見回すと、騎士さんたちも持っていた袋を下ろしている。

「今日はここで野営だな。嬢ちゃん、下ろすぞ」

「はい」

フランクさんの肩から下りて見回すと、野営をするというには木が多すぎるような気がする。

テントじゃなくて、ハンモックを使って寝るんだろうか？

キョロキョロと辺りを見回すと、綺麗《きれい》な金色の髪の毛が見えた。

あ、セリーナさんだ。何をしているんだろう。

川から少し離れたところに、セリーナさんを含めた魔法使いが三人ほど集まっていた。皆で森の方を向いて何やら詠唱している。

「空を駆け抜ける大いなる風よ、鋭い矢となり、目の前の敵を刻みたまえ。ウィンド・アロー！」

三人が呪文を詠唱すると、鋭い風の刃が、魔の森の木を根元から綺麗に切り倒していった。

そのなぎ倒された木を騎士さんたちが運んでいって、あっという間にある程度の広さのある野営地ができ上がる。

なるほど。こうやって野営できる場所を作るんだ。魔法って便利だなぁ。

感心していると、倒れた木の前に、何やらにっこりと笑顔を浮かべたアマンダさんがいて、私に手招きをしています。

これは、もしや……。

「ユーリちゃん、ほら。練習の成果を皆にも見せてあげましょ」

やっぱり、そうきましたかー！

お昼ごはんの時間になるまで、私のお仕事は薪《まき》作りでした……。

◇◇◇◇◇

砦から持って来た軽食を食べ終わると、レオンさんが立ち上がって指示を出し始めた。

「これより魔の森の探索を行う。各班、魔物を発見したら速やかに倒すように。倒せないほどの群れや変異種がいた場合は、無理をせずに必ず応援を呼べ。アルゴ班はここで待機して各班への伝達を頼む。では行くぞ！」

レオンさんは十人ほどの騎士を連れて森へと入って行った。フランクさんやアマンダさんもそれぞれ班を率いて森の中へ。セリーナさんも数人の魔法使いや騎士と共に探索へ向かった。

残ったのは私とアルゴさんとゲオルグさんと、それから名前を知らない五人ほどの騎士さんたちです。

「さて、僕たちは野営の準備でもしようかな。あ、ユーリちゃんは薪をこっちに持ってきておいてね」

アルゴさんが、持って来た荷物から大きな布のような物を出した。それからさっき私が薪にしては長すぎるなと思っていた木を使って、器用にテントを張っていく。

その合間に、硬質な瑠璃色《るりいろ》の石で作られたような小鳥がアルゴさんの下へとやってきて、口の中から綿毛のような物を吐き出していく。あれは……パフボール？

「アルゴさん、それは何ですか？」

「ああ、魔鳥《まちょう》とパフボールだよ」

「魔鳥、ですか？」

「パフボールだと手紙が届くのに時間がかかる時があるからね。早く届けたい時は、魔鳥に届けてもらうんだ。ドワーフ族の作る、魔石でできた小鳥なんだよ」

それって速達だ！

確かにドワーフさんたちって細工をするのが得意だっていうイメージがあるけど、あんな小鳥も作ってるんだ。凄《すご》いなぁ。

「なるほど。そうやってアルゴさんは色んな情報を集めてるんですね？」

「そうだね。まだ魔の氾濫は始まったばかりだから、そこまで爆発的に魔物が増えているわけじゃないと思うけど。それでも特定の魔物が多ければ、どの種族の王が生まれるか分かるからね」

「分かるんですか？」

「うん。王が生まれる前に、その種族の魔物が一番増えるから。王になる魔物の種類が分かれば、その対策も早くできるだろう？　今頃他の国でも、魔の森の探索をしてると思うよ」

そっかぁ。だからこうやって魔の森の探索に来てるんだ。

「じゃあ八年前も、最初にアンデッドが増えたってことですか？」

「そうだね。ただ、八年前の魔の氾濫が始まった時は、魔皇国《まこうこく》の近くでアンデッドが大量発生したらしいんだけど、元々、あの国は他の国とはあんまり交流がなかったから、そこまで甚大な被害を受けているとは分からなかったんだよ。僕たちが知ったのは、魔皇国が壊滅寸前になってからで、その時にはもう、アンデッドキングが生まれてしまっていたんだ」

ああ、だから対策も遅れちゃったのか……。

今回は早く魔物の王の種類が分かればいいけど……。

そんな話をしている間にも、アルゴさんたちはてきぱきとテントの設営を進めていく。

あっという間にたくさんのテントを組み立て、中央には河原の石で作った簡単なかまどのような物まで作っていた。

す……凄い。仕事が早い。

「このテントには、魔物除けの魔法陣が組んであるんだよ。だから野営地にいれば魔物に襲《おそ》われる心配はないんだ」

「わぁ。それは安心ですね」

エリュシアオンラインでも、テントを買って使うとフィールドでＨＰとＭＰが完全回復したけど、こういう理由だったんだ。なるほど〜。

「今のうちに水を運んでおくかな。ユーリちゃん、一応水にキュアをかけてくれるかい？」

おお！　解毒の魔法のキュアって、そんな使い方があるんだ。確かにキュアをかけておけば、生水を飲んでもお腹を壊さないはず。

私はアルゴさんたちが運んでくる鍋に入った水に、どんどんキュアをかけていった。

今日はまだウィンド・アローしかかけてないから、ＭＰにも十分余裕があるもんね〜。

それにしても、今日の私は、野営のお手伝いしかしてないような……？

魔法もそれにしか使ってないような……？

あれれ？？？

でも皆さんのお役に立ててるんだからいいよね。魔物を倒すのも大切だけど、寝る場所の確保も大切よね！

そうやって調子に乗ってキュアをかけていたから、いきなりゲオルグさんに声をかけられた時に、思わずびっくりして飛び上がってしまった。

ああっ。キュアが森の奥の方へ飛んでった。ど、どうしよう。

でも……キュアだから、平気、かな……？　平気だよね？

「キュアだから問題はないと思う」

おろおろしている私を見かねて、ゲオルグさんがそう言ってくれた。髭《ひげ》もじゃで顔はよく分からないけど、目元が凄く優しい。それになんだかとっても優しくて安心できる声の人だ。やっぱりアマンダさんの好きな人だし、きっと凄～くいい人なんだね。

えへへっ、と笑うと、ゲオルグさんの目が更に優しくなった。

「もうこれで終わりだから。ユーリちゃん、疲れてないかい？」

「大丈夫です。皆さんのほうがお疲れじゃないですか？」

「普段、鍛錬しているからね。これくらい平気だよ」

確かに、一見、細身のアルゴさんもそんなに疲れた様子を見せていないんだから、アマンダさん好みの筋肉ムキムキなゲオルグさんなんて、これくらいの働きは朝飯前なのかも。

騎士さんたちって、やっぱり普段から鍛《きた》えてるから、体力があるんだなぁ。

セリーナさんたち魔法使いさんも、魔法使いとはいえ騎士さんなんだから、やっぱり鍛錬してるんだろうか。あ、でも、疲労回復の魔法陣みたいなのがあったら、それを服につけてれば良さそう。

そう考えると魔法陣って便利なんだなぁ。どうやって作ってるんだろう？

その時――

突然、私の背後からグルルルルという唸《うな》り声が聞こえてきた。

えっ？

「危ないっ」

振り向いた私に飛び掛かってくる黒い影。

魔物!?

まさか。だって、ここは魔物除けの魔法陣が効いてるはず。

それなのに、どうして？

視界の端に、ゲオルグさんが剣を抜くのが見える。でもそれよりも黒い影の方が速い。

「ユーリちゃん！」

アルゴさんの声も聞こえる。

「えっ？」

その黒い影は、私にぶつかる寸前、くるっと一回転して、足元へと下りた。

そして……。

「にゃぁぁぁん」

「にゃ？　にゃあ？」

足元を見るとそこには、真っ黒な子猫がいて私の足にスリスリしていた。

「ね……ねこ……？」

どういうこと？

なんでこんな所に子猫がいるの!?

第十四章 可愛いにゃんこは好きですか

The Small Sage Will Try Her Best In The Different World From Lv.1!

「にゃんにゃ～ん」

子猫は私の足に擦《す》り寄《よ》りながら、甘えた声で鳴いていた。

ちょっと待って。どうしてこんなところに子猫がいるの？　親はどこ？

「ユーリちゃん、そいつは魔物だ、離れて！」

アルゴさんの叫びと同時に、私の横に立つゲオルグさんが剣を子猫に突き刺そうとする。でも子猫はひょいっと身を翻《ひるがえ》すと、その剣をよけた。ゲオルグさんはなおも子猫を狙ったけれど、私の足が邪魔をしてうまく狙えない。

「離れてって言われても……え。この子が魔物？」

にゃ～んって鳴いたのに？

どこからどう見ても子猫にしか見えないのに？

思わず凝視すると、子猫が私を見上げてもう一度にゃ～んと鳴いた。

サファイアみたいな青い瞳が、キラキラと光って私を見つめている。

え……何、この可愛《かわい》さ。

思わず胸がきゅ～んとして、気がついたら子猫を胸に抱き上げていた。

「猫ちゃんだ～！　にゃんこにゃんこにゃんこ～～～～～～！！」

頬《ほお》ずりすると、子猫がほっぺをペロペロとなめてきた。

あは。くすぐったい。

私は子猫を目の高さまで上げると、目を合わせて話しかけた。

「猫ちゃんはどこから来たの？　お母さんは？　どうしてここにいるの？」

じっくり見ると、本当に可愛い顔をしていた。くりっとした青い瞳が愛らしい。

私、猫が大好きなんだけど、お兄ちゃんが動物アレルギーだったから家で飼えなかったんだよね。黒くて青い目の猫って、私が飼いたかった理想のにゃんこさんだ～。

お兄ちゃんを思い出した私は、子猫をぎゅっと抱きしめた。

お兄ちゃん、元気かな……。お父さんもお母さんも……。手紙、届いたかな。

この世界に来てから、本当は何度も何度も家族のことを思い出してる。どうしたら帰れるのかも分からなくて、不安で仕方なくて。

だけど……胸に抱いた子猫のぬくもりが、そんな寂しさをちょっぴり薄《うす》れさせてくれた。

子猫もそんな私の気持ちに応えてくれるように、にゃ～んと鳴いて身を寄せてくる。

「えーっと……これ、どうすればいいんだろうねぇ……？」

呆れながら言うアルゴさんの言葉に、私はハッと我に返った。

あ、そうだ、この子魔物だって言われたんだ。

で、でもでも、この子、襲《おそ》ってこないよ？

それに魔物だったらどうして魔物除けの魔法陣のあるここにいるの？

「この子、ただの子猫じゃないんですか？」

「魔《ま》の森《もり》にただの子猫はいないかな。迷い込んだとしても、すぐに魔物に喰われるだろうしね」

「でも……」

「だからそれは魔物だよ。ダークパンサーの子供」

ダークパンサーって……ああ、そんなのいたなぁ。そこそこ強めの魔物じゃないっけ。その名前の通り、黒い豹《ひょう》の魔物だ。

確かに腕の中のにゃんこの毛は黒いけど……でもこの子は、どこからどう見ても猫にしか見えないよ？

それに、普通、大型の動物の子供は体が小さくても足が大きいんだけど、この子の足はちっちゃいよ？　だからきっと魔物だとしても、小さい魔物じゃないかと思う。

うん、きっとそうだ。そうに違いない。

「魔物の生態はよく分かってないから断言はできないけど、大きさから見て生まれたばっかりなのかな。ということは、生まれてすぐは魔物といえども凶暴性はないのか……。いや、でも魔物である以上、魔物除けの魔法陣には近寄れないはずだ。つまり、これは、どういうことだ……？」

第十四章 ▶▶▶ 可愛いにゃんこは好きですか

油断なく剣を構えたまま考えるアルゴさんに、ゲオルグさんがもしかして、と声をかけた。

「さっき、ユーリちゃんが水にかけようとしたキュアを森の方に飛ばしてしまったんですが、もしかしてそれがこの魔物に当たったという可能性はないでしょうか？」

「まさか。そんな偶然があるはずないだろう」

「ですが、魔物がこんなに懐くなどあり得ません。何か原因があるはずです」

ゲオルグさんに言われて、アルゴさんはう〜んと首を傾《かし》げた。

「ちなみにユーリちゃんは、魔物を従えさせる魔法かスキルを持っているかい？」

「いえ、持ってないです。エリュシアではそういうのがあるんですか？」

「僕もそんなのは聞いたことがないんだけど、もしかしたらと思ってね。そうか。異国にもないのか」

ゲームでもそんな職はなかったような……。

考えていると、子猫がにゃぁと小さく鳴いた。どうしよう、ホント可愛い。

喉《のど》のところをくすぐってあげると、ゴロゴロと気持ちよさそうな声を上げる。

「だとすると、本当にキュアが当たって凶暴性を失くしたということか……？　ダメだ。分からないことが多すぎる。団長に判断をゆだねよう」

「そうですね」

結局、レオンさんが戻ってくるまで、現状維持ということになりました。

「あの、でもこの子のお母さんとか大丈夫ですか？」

「お母さん？」

「こういう獣型の魔物って、お母さんから生まれるんじゃないんですか？」

そうだよ、どうしよう。もしもこの子を取り返そうとして魔物の大群が襲って来たりしたら、大変なことになる。

「どうなんだろう。魔物の繁殖《はんしょく》については分かってないことが多いんだよ。親から生まれるのか自然発生するのか、それすら分かっていない。……まあ、いずれにしても弱肉強食だろうから、いなくなった時点で群れから脱落したと思われるんじゃないかな」

それは、その時点で切り捨てられてしまってるってこと？　だったら、この子のお母さんが捜しに来るっていうこともないのかな。

「それに、たとえダークパンサーの群れが襲って来たとしても、返り討ちにすればいいしね。魔物も減って一石二鳥だよね」

楽しそうに笑うアルゴさんって、もしかして戦闘狂!?

そういう展開はこっちが悪者みたいなんで、慎んでお断りしまーす！

◇◇◇◇◇

レオンさんたちが探索から戻ってくるまで、私はその辺に生えていた猫じゃらしに使えそうな草を使って、思う存分子猫と遊んだ。

第十四章 ▶▶▶ 可愛いにゃんこは好きですか

はう。可愛すぎる。癒《いや》されるぅぅぅぅ。

この世界に来てから緊張しっぱなしだったから、久しぶりに楽しい時間を過ごした気がする。

なんていうかもう、至福の時間でした。

最初は警戒していたアルゴさんや騎士さんたちも、時間が経つにつれ子猫に慣れてきて、じゃれてくる様子に頬が緩《ゆる》みっぱなしになっていた。

うんうん。その気持ち、分かる分かる。

子猫の可愛さって、異世界共通で無敵なんじゃないかな。

「それで。なぜ野営地にこんなものが紛《まぎ》れ込《こ》んでいるんだ」

戻って来たレオンさんが、私の腕に抱かれた猫ちゃんを見て呆れたように言う。

「いえ、それが……」

アルゴさんの説明に、レオンさんはふむ……と、考えこむ顔になった。

「確かに魔物除けの魔法陣のあるここに、魔物が入れるはずはないな。だがソレはどう見てもダークパンサーの子供だろう。キュアで浄化されて凶暴性がなくなったということか？」

「分かりません。でもそうだとすれば、ユーリちゃんのようにキュアを飛ばすことができれば、離れた場所から魔物を無効化できるってことにもなりますね」

「試してみる価値はある……か。フランク！」

レオンさんに呼ばれて、のっしのっしとフランクさんがやってくる。

「お前はヒール飛ばしを取得したんだったな。キュアも飛ばせるか？」

「練習すりゃぁ、いけると思いますけどねぇ」

「では今日中に飛ばせるようにして、明日の探索の際は魔物に最初にキュアを飛ばして様子を見ろ」

「了解」

「そしてユーリ」

「はははいっ」

急に名前を呼ばれて、ぴっと背筋を伸ばす。

「ソレが本当に無害なのかどうか、我々にはまだ判断しかねる。今はまだ子供だからいいが、大人《おとな》になれば脅威になることも考えられる」

え？　もしかしてこの子、殺されちゃうの？

でも、何にも悪いことしてないよ？　それにこんなに懐いてくれてるよ？

私は思わず子猫を抱く腕に力をこめた。

にゃ～ん、と小さな鳴き声が聞こえる。

「だが魔物の生態は未だよく分かっていない。子供の頃から育てていれば、少しはその生態が分かるだろう。どれくらいの時間で大人と同じ大きさになるのか、知能はどうか。観察できる絶好の機会には違いない。だからもしユーリがソレを育てられるというのであれば、生かしておいてやってもいい。ただし、人に危害を加えたなら、その時点で即刻処分するが……どうする？」

どうするって聞かれても、答えなんて決まってる！

「私、育てます！　がんばってこの子を育てます！」

「分かった。では皆にもその魔物には危害を加えないように通達しておこう」

「よろしくお願いします！」

私は力いっぱいレオンさんにお辞儀すると、子猫をもう一度ぎゅうっっと抱きしめた。

「良かったね、飼ってもいいって！　そうだ、名前つけないとね！」

何がいいかな。黒いからクロかな。

クロじゃありきたりかなぁ。

あ、じゃあ、夜みたいな色だから、ノアールにしよう。

「ノアール。君の名前はノアールだよ！　よろしくね、ノアール！」

「にゃあ！」


こうして私に新しい仲間ができました。

第十五章

猫は鼠を追いかける

ノアールを他の魔物と区別するためにはどうしたらいいか、ということで、首に赤いリボンをつけることになりました。野営の用意の中に裁縫《さいほう》道具一式を持ってきている、ゲオルグさんの女子力が凄《すご》いです。

そしてノアールは、可愛《かわい》いのがさらに可愛くなりました。男の子か女の子か分からないけど、可愛いから赤いリボンでちょうどいいよね。

ちなみにそのリボンは、私の髪が伸びたら結ぶのに使う予定で持っていたみたい。

ゲオルグさんは、もしかしてこの世界での私のお母さんですか……？

もっともノアールは嫌がってすぐに外しちゃったんだけど。ざんねーん。

その日の夜は、アマンダさんと、たまに見かける女性騎士さんたちと同じテントで休むことになった。

セリーナさんと同じ部屋だったらどうしようかとドキドキしていたので、アマンダさんと一緒のテントで安心した。

セリーナさんがああいう風に思うのは仕方がないんだって分かってても、やっぱりあんな言い方をされると、ちょっと苦手って思っちゃいます。

その点、アマンダさんと女性騎士さんたちは、サッパリした性格の方が多いので気が楽かな。

夕飯はアルゴさんたちが作った即席のかまどで、なんと男性騎士さんたちが大鍋まで持ちこんで作っていた。

お肉と野菜がたくさん入ったスープとパンの夕食で、ちょっとキャンプっぽい気分を味わいました。皆で食べたからか、凄くおいしかった。

ノアールは騎士さんたちにたくさんお肉をもらってご機嫌だった。ノアールもお肉をくれる人はいい人だと思うのか、思う存分甘えている。

さすがにゃんこ。天性の甘え上手さんだ。

ノアールは子猫だからミルクを飲むのかと思ってたけど、ちゃんとお肉を食べられるみたい。ここにはミルクなんてないから、良かった。ちなみに、食材のお肉は魔物だ。

魔物によってはキュアで浄化しないと食べられないお肉もあるそうだけど、魔《ま》の森《もり》で取れる額に小さな角のあるホーンラビットや、猪に似た魔物のボアファングなんかは、そのまま食べても大丈夫なんだって。

砦《とりで》で出たご飯も、実は魔物のお肉だったみたい。ちょっとびっくり。

でも砦で牛とかを飼うのは無理だし、近くの村から運ぶのも大変だろうし、一番近い魔の森で調達するのが手っ取り早いんでしょうね。

というか、いわゆる牧場で飼われている牛とか馬も、元々は魔物だったみたい。それを品種改良で人畜無害な魔物に変えたのだとか。

ということは、あのイゼル砦のお馬さんたちも、元は魔物だったたってことよね？

あれかな。野生の猪を家畜にしたら豚さんになったたっていうのと同じなのかな。実際、この世界の豚さんも、猪に似た魔物のボアファングを改良したものらしいし。

結構、私たちの世界とこのエリュシアは、共通してる部分が多いのかなぁ。

それにしても、プレイヤーが選ぶ職としての神官以外に、必ず町とか村に小さくても教会があって神官さんがいたのは、キュアで飲み水や魔物のお肉を浄化する役目があるからなんだね。大発見だよ。

だからどこの町でも神官さんは一目置かれているってわけ。なるほど～と、納得しました。

そして夜寝る時はもちろん、しっかりノアールを抱いて眠ったの。ちっちゃくてフワフワで、すぐに寝ちゃった。

翌朝起きた時はなぜかノアールごと、アマンダさんに抱え込まれてたけど……。

う～ん。謎《なぞ》です……。

そしてその日から、魔物にキュアを当てて大人《おとな》しくなるかどうかの実験をすることになった。

昨日の探索の様子だと、やはり全体的に魔物が増えて群れをなしているらしく、昨日だけでもゴブリンやワーウルフ、そしてダークパンサーの群れを騎士さんたちが倒していたみたい。

その群れは一つではなく複数ではあるものの、さすがにまだ王が出現した時のような統制の取れた動きはしていないとのこと。

魔物の王の出現が避けられないことなら、早くその種類が分かると、対策を取れていいんだろうなぁ。

今回もアルゴさんはお留守番して情報整理なので、今日はレオンさんと同じ班で行動することになった。

レオンさんと野営地を出る時に、一瞬セリーナさんから鋭い視線を向けられた気がしたんだけど、焼き餅《やもち》なんて焼かなくていいですからね！

確かにレオンさんはカッコイイですが、完璧すぎてちょっと気後れします。それに今の私はちびっこなので、カッコイイかどうかよりも、頼りになるかどうかのほうが気になります。求む、保護者さん！

野営地を出てしばらくすると、ゴブリンが数匹こちらを襲《おそ》って来た。もちろんすぐにレオンさんが斬り倒したけど、一匹だけ残して騎士さんたちがその両手足を拘束している。

「ユーリ、キュアを」

「はいっ。ゴブリンにキュア！」

ヒールと同じく銀色の光がゴブリンへと向かう。でもゴブリンの様子に変化はない。

「放せ」

騎士さんたちがゴブリンの拘束を解くと、グゲゲゲと叫びながら歯をむき出しにして私の方へ向かってくる。

これ、どー見ても懐いてませんよねっ。殺そうとしてこっち来てますよねっ。

迫ってくるゴブリンにひるみそうになったけど、なんとか踏み留まる。

そしてゴブリンは私に辿りつく前に、騎士さんの一人に斬り倒された。

だ……だいぶ、魔物が倒されていくのを見るのにも慣れてきた……かも。

まだ心臓がバクバクいってるけど。

「ゴブリンに変化はないな……」

レオンさんはチラリと私の後ろにいるノアールにも目を向けた。

今の戦いでノアールが魔物の本性に目覚めるかどうかっていうのも、実は確かめたかったのかもしれない。

私もちょっぴり心配だったんだけど、変わらずに愛らしいノアールの様子にほっとした。

「キュアが原因ではないということか……。それとも獣型の魔物にしか影響がないのか……」

レオンさんの言葉に応えるように、ノアールが「にゃぁん」と鳴く。

そんなことないだろうけど、なんだか言葉が分かってるみたい。

会話のような一幕に、ついつい笑ってしまう。

「もう少し試してみよう」

「はいっ」

ゴブリンの死体をそのままにして行くので大丈夫かと聞いたら、なんと魔の森には『掃除屋』と呼ばれるミミズのような魔虫がいて、死体を全部食べてしまうんだって。

その魔虫が出す糞が森の栄養になるので、魔の森はこんなに木が多くて豊からしい。

第十五章 ▶▶▶ 猫は鼠を追いかける

要するに、ミミズ？　魔物の死体を食べる、ミミズなの？

もう少し先に進むと、今度はノアールより少し小さいくらいの大きさの、鼠《ねずみ》の魔物のワーラットの群れがいた。向こうはまだこちらに気がついてないようなので、遠くからキュアを飛ばしてみる。

「手前のワーラットにキュア」

詠唱と同時に、ワーラットの群れが私たちに気がつく。そしてキュアをかけたワーラットも、目を赤くして仲間と共に一斉にこっちへ向かって来た。

ワーラットの黒い目が赤くなるのは戦闘色になった時。つまり――

あ〜。ダメだ、やっぱり効いてないみたい。

レオンさんと騎士さんたちが、向かって来たワーラットを難なく倒す。私もウィンド・アローをワーラットに向けて詠唱した。

と、その時。

突然足元を黒い影が走り抜ける。

「ノアール!?」

ノアールはワーラットの喉笛《のどぶえ》に噛みつくと、次々にワーラットを倒していく。その姿は、小さくてもやっぱり魔物そのもので……。

あれ……？　でも猫って、鼠を狩って食べるよね。

っていうことは、ゴブリンの時には知らんぷりしてたけど、これは鼠だから追いかけてるってこと？

ノアールは猫科の魔物だから、鼠の魔物ってもしかして大好物とか。

つまり、ワーラットって餌《えさ》？　餌なのぉ!?

ノアールの魔物の本性を見た驚きよりも、やっぱり猫だから鼠を襲うんだろうかという疑問のほうが気になっているうちに、いつの間にかワーラットの群れは殲滅《せんめつ》されていた。

あれっ。いつの間に……。

ノアールは……あ、毛づくろいしてる。

ひとしきり体を綺麗《きれい》にして満足したらしきノアールは、褒めて褒めて～とばかりに私の足に擦《す》り寄《よ》って来た。

「にゃ～。ゴロゴロゴロ。にゃぁ」

こ……これは、ちゃんと褒めてあげないと。

「よくやったね、ノアール。いい子いい子」

撫でてあげると、当然、というように「にゃあ！」と鳴き声を上げました。

本当に、言葉が分かってるみたい。

その後もノアールは小猫の大きさくらいしかないのに、自分よりも大きい魔物を倒したりして大活躍でした。

あれぇ？　……もしかして、私よりノアールの方が活躍してませんかぁ？

結局、何度か魔物と遭遇《そうぐう》してその度にキュアをかけてみたけど、ノアールのように懐いてく

る魔物はいなかった。

やっぱりキュア以外の何かが必要ってことなのかな。

お昼に野営地に戻ってフランクさんにも話を聞いたけど、やっぱり効果はなかったみたい。

でも何度か色々なシチュエーションでチャレンジしてれば成功するかもしれないということで、これからもキュアを飛ばしてみるんだって。

フランクさん、やる気に満ちているのは分かりましたけど、力こぶ作っても意味がないと思いますよ。

「魔物との相性もあるのかもしれませんね」

私は某国民的RPGで、魔物が仲間になる時のことを思い浮かべた。

銀色のはぐれたアレは、なかなか仲間にならないんですよね〜。

「相性が良くないと、懐かないってぇことか」

「かもしれません」

「つまり、数打ちゃ当たるのか……？」

どうなんだろう？　やってみないと分からないね。

「まあ、今までになかったことなんだから、すぐに全部が分からねぇのは仕方ないな。気長にやってくか。幸い、試す魔物の数には不自由しねぇしなぁ」

フランクさんは豪快に笑うと、戻って来た騎士さんの手当てに行った。私もそのお手伝いをするけど、ひどい怪我をした騎士さんはいないみたいで一安心だ。

イゼル砦の神官はフランクさんだけだから、そんなに大した怪我じゃない場合はＨＰポーションで治すのかなぁと思っていたんだけども。話を聞くとこの世界のポーションはあまり効能がよくないらしく、ランダムで少量のＨＰを回復してくれるだけ、という物らしい。

その割に値段はそこそこするので、あんまり使う人がいないのだとか。

もちろん高性能のＨＰポーションもあるけど、そちらはもっと高価だから、軽い怪我は普通に薬草をすりつぶしたのを患部に塗り付けて包帯で巻いて保護する、というのが常識だそうだ。ＭＰポーションも同じような効能で、しかも材料となる魔草が魔皇国の方にしか生えていないので、更に高価なんだとか。

なるほど。そういうことなら、ほいほいポーションを飲めないよね……。

それにヒールだって、ちょっとの傷でもどんどんヒールしてたら、ＭＰなんかすぐになくなっちゃうもんね。

私が持ってるポーションは、ＨＰもＭＰもそれぞれきっちり30回復してくれて、ハイポーションは50回復してくれる。さすがゲーム仕様って感じだけど、これからこの世界で作っても同じ仕様なのかな。それとも回復量がランダムになるのかな。

今度、時間がある時に試してみようっと。

第十六章　大発見です！

The Small Sage Will Try Her Best In The Different World From Lv.1!

午後からはとりあえずキュアで仲間になるかどうかの実験はお休みだそうで、私は野営地でアルゴさんたちとお留守番になった。

また川の水にキュアをかけて……たまに森の方にも飛ばしてみたけど、ノアールみたいな魔物はやってこなかった。残念。

あ、そういえば少しは戦闘したからレベルが上がってないかなぁ。

「ステータス・オープン」

小さな声でステータスを開いてみる。

ユーリ・クジョウ。八歳。賢者《けんじゃ》Lv.10
HP　210
MP　215
所持スキル

魔法100
回復100
錬金100
従魔 1

称号

魔法を極めし者
回復を極めし者
異世界よりのはぐれ人
幸運を招く少女

うわぁ。レベルはちょっとしか上がってないけど、新しいスキルがある! 従魔だって。

えーっと、どれどれ。どんなスキルなんだろう。

タップしてみると、説明が出てきた。

従魔 魔物を従えるスキル 魔物を一匹仲間にできる

ってことは、私にはもうノアールがいるから、他の魔物は仲間にできないってこと?

あれ、じゃあさっきまでの努力は無駄だったんじゃ……。

はう……知りたくなかった事実に、疲れが増した。

あんなにがんばったのになぁ。

お水にキュアをかけた後は休んでていいってアルゴさんに言われたから、ちょっと色々考えてみることにした。もちろんお膝《ひざ》には子猫のノアールを乗せて、なでなでしている。

う～ん。モフモフ。至福の時間だなぁ。

まず、ノアールがどうして従魔になったのか？

やっぱり原因になってるのは、キュアを飛ばしたことだよね。それと多分、相性が良かったから。でも他にも何かあるのかな？

う～ん。

それについては考えても分からないから、保留にしとこっと。

で、次。従魔スキルをいつ所持したのか。

ノアールを従魔にする前なのか、後なのか？

でも、ノアールが従魔になるまでこんなスキルはなかったんだから、やっぱりノアールを従魔にしたことで所持したってことだよね。

ただそこでも疑問が残る。エリュシアの人たちは、この世界に存在しない魔法を、どんなに覚えようとしても覚えられないみたいだった。ヒール・ウィンドをフランクさんが覚えられなかったのが良い例だ。

逆に、この世界にしかない魔法を私は覚えることができない。

第十六章 ▶▶▶ 大発見です！

たとえば生活魔法のクリーン。これはお風呂に入らなくても体を綺麗《きれい》にしてくれるし、ちょっとした部屋の汚れなんかも綺麗にしてくれるという、とっても素敵な魔法だ。

アマンダさんが使っているのを見て、私も覚えたくて教えてもらったんだけど、どうしても覚えられなかった。

砦にはお風呂なんてなくて、たらいにお水かお湯を張って体を拭くくらいしかできないから、クリーンの魔法が使えると凄く便利なのに、がっかりですよ。

まあ、アマンダさんがクリーンの魔法をかけてくれるから、いいんだけどね。でも自分でも使いたかったのになぁ。

他にも明かりをつけるライティングの魔法すら覚えられなかった。この世界の子供なら、どんなに魔力が少ない子供でも、物心がつけばすぐに使えるようになる初歩の魔法なのに。

だから、賢者がレベルアップして覚える魔法以外の魔法は、覚えられないんだと思ってたんだけど……でも、従魔の魔法は新しく覚えられたわけで。

う〜ん。

クリーンの魔法と従魔のスキル。この二つって、どこがどう違うんだろう？

「分かんないね〜、ノアール」

ノアールの喉《のど》を撫でると、ゴロゴロと気持ちよさそうな声を出した。

可愛《かわい》いなぁ。猫を飼うのは初めてだけど、こんなに可愛いんだなぁ。

……ん？

初めて……？

あ、もしかして……クリーンの魔法は既に存在してた魔法だけど、エリュシアオンラインにもエリュシア大陸にも従魔のスキルはなかった。つまり、従魔は初めて私が使ったから、だから覚えられたってこと？

じゃあ、新しい魔法なら、賢者特有の魔法じゃなくても覚えられるってことなのかな？

おおおおおお。

なんか凄い！

新しい魔法とかすぐに思いつかないけど、なんか凄い気がする！

「ノアール、大発見だよ！」

「にゃあ！」

「なんかやる気が出てきたよ！」

「にゃあ、にゃあ！」

ノアールをぎゅーっと抱きしめて喜びにひたっていたら、なんだか周りが騒がしくなってきた。

どうしたんだろう？

辺りを見回すと、騎士さんたちの一団が帰って来たくらいで、別に何も変わったことはないけど……あ、帰って来たのはフランクさんの班だったんだ。

「フランクさん、お帰りなさ…………い？」

フランクさんを見ると、なんていうか苦虫《にがむし》を嚙みつぶした顔の、お手本のような顔をしていました。

一体、どうしたんだろ?

「あ〜、嬢《じょう》ちゃん。魔物を仲間にする方法な。なんとなく分かったぜ」

「そうなんですかっ。凄い凄い!」

思わず両手を叩いて飛び跳ねちゃったけど、フランクさんはあんまり嬉しそうじゃないみたい。どうしたんだろう。

変なの。やっと魔物を仲間にする方法が分かって、嬉しくないのかな?

「フランクさんが魔物を仲間にしたんですよね? どこにいるんですか?」

「あ〜。嬢ちゃんには見えねぇか」

フランクさんは、よいしょ、と抱っこしたノアールごと私を抱えると、昨日みたいに肩の上に乗せてくれた。

フランクさんのトウモロコシの髭《ひげ》みたいな、色あせた金髪《きんぱつ》がよく見下ろせる。触るとちょっとゴワゴワなんだよね。……って。

「あれ?」

金髪の中にピンク?

なんだろうと思ってよく見ると、小さなピンクのうさぎが、フランクさんの髪の毛の間からぴょこんと顔を出して来た。

「きゅうっ」

え……何ですか、この可愛いの？

◇ ◇ ◇ ◇ ◇

「それで……ぷっ。フランクがホーンラビットの群れに……ぷぷ。手当たり次第に、ぷぷぷっ。キュアかけてったら、その子がいきなり頭に乗っかって来たってこと……？　うぷぷぷっ」

フランクさん、苦虫を嚙みつぶしたような顔、続行中です。あれ。苦虫って嚙むんだっけ、踏むんだっけ。まあ、どっちでもいいか～。

「アルゴ。笑いたいなら、笑やぁ、いいだろうが」

「いやっ。……うん。笑っちゃ悪いしね。……ぷぷっ。ダメだ、お腹痛い」

周りにいる人たちも、皆さん肩が震えてます。

う……うん。まあ確かに、フランクさんの厳《いか》つい顔の上に、ちょこんと顔を出してる小さくてピンクなうさぎって構図は、なかなかシュールなものがありますよね……。

「しっ、しかも変異種の子供とか……よりにもよって、なんでピンクなんだろう？　に、似合わなすぎるっ」

アルゴさーん……気持ちは分かるけど、笑いすぎですよぅ。

「ま……まあでも、それで魔物が仲間になる条件が分かったんだからさ、お手柄《てがら》じゃないかな。

ぷぷぷっ」

そうなんです。アルゴさんの言う通り、フランクさんのおかげで、魔物が仲間になる条件が分かりました！

ホーンラビットの群れを見つけたフランクさんたちは、まずは殺さずに網《あみ》で捕獲した。そこで一匹ずつ網から出すと、直接触れてキュアしたり、飛ばしてキュアしたりして試していた。

そのホーンラビットの群れの中に、一匹だけピンク色の子供がいた。ホーンラビットの個体は普通は白いから、一目で変異種だって分かったみたい。

変異種は通常の魔物より魔力が強いので、念のため、近寄らずにキュアを飛ばしてみたら、いきなりきゅうきゅうと甘えるような鳴き声を出し始めたとか。

で、網から出してみると、一目散にフランクさんの頭の上に乗っかって、またきゅうきゅう鳴きながら頭をこすりつけたんだって。

うわぁ。思いっきり懐いてますね～。

それで、魔物が懐くのには相性が良くないとダメっていうのが分かりました。キュアを飛ばさなくちゃいけないのかどうかは、まだ結論を出すほどの実験ができてないから断言できないみたい。

あと、魔物の子供っていうのも共通してるから、そこら辺も今後試していくんだって。

「キュアで魔物を鎮静化させるのは無理だが、懐かせるのはできるみてぇだよな。ってことは、強い魔物に試してみりゃあ、こっちの戦力になるかもしれねぇってことか。村の神官なんかは、

第十六章 ▶▶▶ 大発見です！

用心棒代わりに持ってもいいかもしれねえなぁ」

　真面目な顔でフランクさんが考えこむんだけど、いかんせん、頭の上のピンクのうさぎがその場の雰囲気を壊しちゃってます。

「ただ、あんまり強い魔物を支配できるとなると、お偉方が騒ぎそうだよね」

　さすがにアルゴさんも笑ってばかりだと話が進まないことに気がついたみたいです。でも微妙にフランクさんから視線はずしてるし……。

　うん。フランクさんの頭の上のピンクのうさぎが気になって、シリアスになり切れないです。

「下手すると、魔物の子供を神殿に連れてこいって言われるかもしれねぇなぁ。ノアールとコイツを見せろって言うくれぇならともかく、神殿のジジイどもは自分が魔物を支配するために魔物を連れて来いって言いだしかねねぇ。だが、そいつはうまくねぇな」

「うん。ワーウルフくらいの子供ならそんなに強くないし、捕まえようと思ったら捕まえられるしね。もっとも、魔物の子供なんて、魔の氾濫《はんらん》で魔物が大量に増えてるこの時期くらいでないと、滅多に見ないけど」

　そうなんだ。魔の氾濫は嫌だけど、でもそのおかげでノアールと出会えたってことなんだね。

「そんじゃ、あれだな。これを神殿に報告するのは、魔の氾濫が鎮《しず》まってからにするか」

「そうだね。ただでさえ魔物退治しなくちゃいけないのに、子供は生きて捕まえろなんて言われても無理だし。ただ、フランクがキュア飛ばしを教えてもいいと思うくらい信頼の置ける友達には、少しくらい口が滑っても仕方ないと思うんだ」

「なるほど。そいつは仕方ねぇな」

フランクさんは厳《いか》めしく腕を組んで頷《うなず》きました。でも頭の上のうさちゃんに皆の視線は釘付けです。

「ところで、その子の名前、決めたのかい？　ぷぷっ」

フランクさんの頭の上を見たアルゴさんが、また笑いの発作に襲《おそ》われてしまった。そうなると、皆が我慢の限界になって笑い始める。

「あぁ～？　名前なんてうさぎでいいだろ」

「だ……だめです！　ちゃんと名前をつけてあげないとかわいそうです！」

ジロリと睨《にら》まれましたが、怖くないもん！

ここはうさちゃんの為にもがんばるんだもん！

「ああ、じゃあ保存食とか非常食とか」

「だーめーでーすううううう」

「いや、でもな。今日の食材にしようと思って狩って来たんだけどな」

「この子はフランクさんのパートナーなんだから、食べちゃだめですぅぅぅ」

「じゃあ、嬢ちゃんが名前つけてくれよ」

脱力したようにフランクさんが言うと、それまで大人《おとな》しくしていたうさちゃんが、耳をピコンと立ててきゅうきゅう鳴き始めた。

えーと、これって、もしかして、抗議してるのか……な？

「なんか、フランクさんが名前つけないとダメみたいですよ」

「勘弁してくれよ、おい……。名前なんてどうすりゃいいんだよ」

「適当につければいいよ。ピンクとか肉とか耳とか」

「もー！　アルゴさんも、もっと可愛い名前を考えてくださいいいいい」

まったくもう！

二人とも、もっと真面目に考えてくださーい！

視界の隅で、ノアールが呆れたようにあくびをするのが見えた。

◇　◇　◇　◇　◇

「にゃ〜ん。にゃんにゃん」

「きゅう？」

「にゃーお、にゃお」

「きゅうきゅぅ」

目の前で真っ黒な子猫とピンクのちびうさぎが、可愛らしい鳴き声を披露《ひろう》してくれている。

しかも傍《はた》から見ていると、ノアールが先輩としてちびうさに色々教えてあげているみたい。

はうううう。か……可愛い……。

あまりの可愛さに両手を握ってフルフルしていると、同じ体勢のアマンダさんと目が合った。えへへへ。

「それにしてもフランクみたいな筋肉ダルマに、あ～んな可愛いうさちゃんが懐くなんて、信じられないわ！」

「フランクさんは良い人だから、それが分かったとか？」

「キュアが詠唱できれば誰でも仲間にできると思うわっ。悔しい。私もキュアが詠唱できたらいいのに」

地団太を踏みそうな勢いで悔しがっていますね……。

「キュアって、やっぱり神官じゃないと覚えられないんでしょうか？」

この世界ではスキルを取得すれば覚えられるって話だけど、神官の使うキュアとヒールは別格なのかな。

「神殿がスキルを秘匿《ひとく》してるから、一般人には覚えられないのよ」

ああ、なるほど。普通の人がキュアとかヒールできちゃったら、神官さんのお仕事がなくなっちゃうからなのね。

そう考えると、従魔のスキルを持つにはキュアを覚えてないとダメってことになるから、そのスキルを持つ職業はゲームで言う上位職の更に上の職に当たるのかな。たとえば神官の職をLv.99にして、上位職の忍者あたりをLv.99にしないと転職できない、魔物使いの職業とか。

ひょっとして、フランクさんがマスターだったりして。転職クエを受けに来たら、頭にピン

第十六章 ▶▶▶ 大発見です!

クのうさこを乗せてる筋肉モリモリのフランクさんがいるとか。

ふふっ。想像しただけで楽しい。

もっとも、狩人のレベルを上げてない私が従魔スキルを覚えてるってことは、上位職でも何でもないんだろうけど。

「そういえば、うさちゃんの名前って決まったんですか?」

現在、フランクさんは戻って来たレオンさんたちと会議をしている。フランクさんの頭にうさちゃんがいると気が散って仕方がないということで、うさちゃんはテントの中から追い出されてしまったのだ。

うさちゃんはテントの外できゅうきゅう鳴いていたけど、不憫に思ったらしきノアールに慰められて、今の状況になっている。

「まだみたいだけど、フランクのことだから、あり得ない名前をつけそうよねぇ。たとえば、そうね。ルアンとか」

「かっこいい名前じゃないですか」

「お肉屋さんで売られてるうさぎ肉の名前だけど」

「え……それは……」

さすがにお肉は可哀想な気が……。いや、うん、さっきおいしく夕飯で食べたけども……。とってもおいしかったけども……。

目の前にうさちゃんがいる状態でホーンラビットのお肉を食べるのは罪悪感があったけど、

周りの皆さんは平然と食べてるし、目をつぶって食べてみたら鶏肉みたいでおいしくて……。

つい、全部食べちゃいました……。

「ユーリちゃんだったらどんな名前にした？」

「う〜ん。ピンクだからサクラとかさくらもち、とか、モモタとかモモタロウとか？　意外なとこで正男とか春乃助とか桃子とか……」

「変わった名前ねぇ」

「ああ、日本語の響きってあんまり馴染《なじ》みがないかもです」

桜とか、この世界にあるのかな。あったら見てみたいなぁ。

「アマンダさんだったらどんな名前つけるんですか？」

「そうねぇ。ラビ、ラヴィ、ローズ、ロセウス、ヴェスタ、ピンク、ボンヌ、クビット、コーラル、ロゼリア、ラパン、クロリー、カール、ロザヴィ、フルト、ボーバル、フラット、ラッツ、ココア、エブナー、アベル、ビットそれから……」

あう。もう十分です。


そして会議の後で戻って来たフランクさんと相談した結果、うさこの名前はルアンになりました。

凄い、アマンダさんの予想通り！

うさぎ肉ちゃーんって呼ぶのと一緒みたいだけど、ルアンって呼ぶと全然違うよ……ね？

会議の内容も教えてもらったけど、現在どの魔物が多く発生しているか、でした。

それによると、比較的多かったのが、ゴブリンとダークパンサーらしい。ゴブリンは元々数が多いから、今の時点で大量発生しているかどうか断言はできないけど、ダークパンサーは明らかに多いみたいで、もしかしたら今回の魔物の王はダークパンサーから出るかもしれないみたい。

もし……魔物の王がダークパンサーから出たとしたら。

全ての魔物が従う王が現れたら。

ノアールは、その時でも変わらずに私の隣にいてくれるんだろうか……。

不安はつきないけど、それでも私にできることは、王が現れるまでにノアールとの絆を強くしておくことくらいだし。

絶対にこの子を守るんだから！

「ねえ、ノアール？」

「にゃあ」

「ずっとずっと一緒にいようね」

「にゃあ〜ん」

私はぎゅうっとノアールを抱きしめて、そのぬくもりをかみしめた。

◇　◇　◇　◇　◇

今回の魔《ま》の森《もり》への調査は三日ほどの予定だったので、次の日も騎士さんたちが班に分かれて探索をして、その次の日に砦に帰ることになる。

帰る時も、私はノアールごとフランクさんの肩に乗って移動した。うさぎのルアンも、すっかり定位置になってるフランクさんの頭の上だ。

「多分、従魔スキルが上がれば複数の魔物を懐かせることができると思うんですけど……」

私とフランクさんは、砦に帰るまでの間、従魔スキルについての意見交換中だ。

「どうやって上げるんだろうなぁ」

「ん～。可愛がるとか？」

「勘弁してくれよ、おい……」

「あとは一緒に戦闘するとかですか？」

エリュシアオンラインじゃないゲームだけど、戦闘に加えると、懐くようになるっていうのがあったはず。

「それなら、まあ……いけるか？」

「ホーンラビットって、どうやって戦うんですか？」

「そりゃまあ、角でって、そういやぁ、こいつの角はまだちいせぇな」

第十六章 ▶▶▶ 大発見です！

「きゅうっ」

私のこと？　というように、ルアンがぴょこんと耳を立てて顔を上げた。

「それはともかく。問題は魔物の王が現れた時に、こいつらがそっちに影響受けないかどうかだなぁ」

「そうですよね……」

もしこの子たちが私たちに牙を剥いたら……。

ううん、そんなことあるはずない。大丈夫。きっと大丈夫。

「王が倒されると、魔の氾濫は終わるんですよね？」

「ああ。魔物はそれまでみてぇな勢いで増えなくなるな」

「だったら、早く王が生まれて早く倒した方が、被害が少ないのかな？」

「ん～。準備してあるならそうだろうなぁ。でも今回は予想より魔の氾濫が早いしなぁ。王都からの騎士団の派遣とかランカー冒険者への依頼なんかも、間に合うのかねぇ」

「冒険者っているんですか？」

もしかして、冒険者ってプレイヤーのことだったりして。そしたらこの世界に来ちゃったプレイヤーが、私以外にもいるかもしれない!?

「ああ、普段から魔物退治して、皮とか牙を売って稼ぇでるな。強い個体だと心臓が魔石になってるから、それを売るんだ。こいつなんか変異種だから、すぐ狩られんだろうなぁ。肉もうまそうだし」

「きゅーっ、きゅーっ」

フランクさんが「こいつ」って所でルアンを右手でつついたら、抗議してるみたいな声が上がった。

「にゃーっ！」

ノアールも怒ったのか、私の腕の中から、フランクさんの顔に向かって猫パンチしてる。

「いててて。何でノアールが怒んだよ」

そりゃあやっぱり、ルアンは可愛い弟分だから？

フランクさん。なるべく早く、ルアンのこと、お肉からペットに昇進させてあげてくださいね……。

そんなことを話している間に、やっと砦まで戻って来た。

ここにいたのは数日なのに、なんだかとっても懐かしい気がする。ノアールが仲間になったり、ルアンが仲間になったりと、濃い毎日だったし。

とりあえず、先にレオンさんとアルゴさんが中に入って、砦に残ってた人たちにノアールとルアンの話をするんだって。

確かに何も知らせないでいて、砦の中に魔物が入ってきたーってパニックになったら困っちゃうもんね。

しばらくしてアルゴさんが戻って来たので、フランクさんの肩に乗ったまま砦の中へ入る。

その途端、色んな方向から視線を感じて、ぎゅっと身を縮こめてしまう。

第十六章 ▶▶▶ 大発見です！

「にゃ～う」

抱っこしてるノアールが私の不安を感じ取ったのか、大丈夫だよ、という風に手の甲をなめた。

「ん……ありがとね、ノアール」


色々と心配もしたけれど、時間が経ってくると、ノアールは普通の子猫にしか見えないし、ルアンにいたっては可愛いうさぎの赤ちゃんにしか見えないし、ということで、あっという間に二匹はイゼル砦のペットとして認識されていった。

ノアールなんて砦の料理人さんに、こっそりおやつもらってるんだよぉ。私がちゃんとご飯あげてるのに。くすん。

ルアンは人見知りでフランクさん以外に懐かないけど、やっぱりにゃんこは天性の愛され上手だから仕方ないのかなぁ。

きっとうちの子が可愛すぎるのがいけないんだよね。うん。

そしてノアールとルアンがイゼル砦での暮らしに慣れた頃。

王都から魔の氾濫の発生を受けてイゼル砦へと出発した、王国の騎士団の精鋭たちがやって来た。

第十七章
魔物の王

The Small Sage Will Try Her Best In The Different World From Lv.1!

さて、今日はアルゴさんに教わった、アレス王国の騎士団のおさらいをしてみようっと。

アレス王国には三つの騎士団がある。近衛騎士団《このえきしだん》、王国騎士団、辺境騎士団の三つだ。

そのうち、近衛騎士団は王族を守り、王国騎士団は王国全土を、そして辺境騎士団は辺境の地を守る。

ここ、イゼル砦《とりで》はまさにこの辺境騎士団に属しているのだ。

そしてレオンさんはイゼル砦の砦主《さいしゅ》というだけでなく、辺境騎士団全体の団長でもある。

ただ辺境騎士団の騎士は魔《ま》の氾濫《はんらん》の後に王都へ戻ることが多いので、実際には辺境騎士団の騎士は、王国騎士団にも所属しているのだとか。

その王国騎士団はさらに三つに分かれていて。

双鷲騎士団《そうしゅうきしだん》　旗色は赤で双頭の鷲の絵が描いてある
猛虎騎士団《もうこきしだん》　旗色は黄で虎の絵が描いてある
牙狼騎士団《がろうきしだん》　旗色は青で狼の絵が描いてある

と、なっている。

アレス王国の人たちは、それぞれの騎士団を旗の色で言ったりもするみたい。赤の騎士団に所属してます、とか。

そして今回の魔の氾濫で、王都の守りとして残る近衛騎士団と猛虎騎士団を除く二つの騎士団が、イゼル・ジュレイ・キリスのそれぞれの砦に派遣された。

ふ〜。ちゃんと覚えてます。

良かった良かった。

この騎士団、貴族の男子は必ずどこかに所属しなくちゃいけないそうで、かなりの人数が所属しているみたい。それに後継ぎはともかく、次男とか三男は騎士として身を立てるのが慣習なんだって。

騎士さんたちは位の高い人と女性は宿舎を使ってるけど、それ以外は広場にテントを張ってそこで寝起きをしている。

冒険者たちも続々とイゼル砦にやって来たけど、野営をするのは砦の外だ。なんだか差別してるみたいだけど、テントを張る場所がないので仕方ないし、冒険者と言ってもピンからキリまであるので、ドサクサに紛れて悪いことをする人を砦の中に入れない為の措置でもある。

異世界でも火事場泥棒みたいなことをする人がいるってことかなぁ。

でも冒険者さんたちの野営所は、結構色んな人がいて、まるで異国のようで楽しい。

しかもですね。

さすがに魔族さんはいなかったけど、なんと、ドワーフの剣士さんと獣人の剣士さんとエルフの魔法使いさんがいたの！

この人たちは人間の神官さんと合わせて四人で『黎明《れいめい》の探求者』っていう名前のパーティーを組んでいて、エリュシアでも有名なSランクのパーティーなんだって。凄《すご》いよね。

ちょうどアレス王国で依頼を終わらせた直後で、休暇でも取るかと話していた時に魔の氾濫の報告を受けて、急いで駆けつけてくれたんだとか。

そしてそして！

なんとですね。そんな有名なパーティーの人たちと、野営所に遊びに行ってるうちに仲良くなって、今ではすっかりお友達になってるの！

きっかけはノアールなんだけどね。ほら、やっぱりノアールってダークパンサーの子供だから、分かる人には分かっちゃうみたいで、最初は凄く警戒されたの。

でもすぐに誤解が解けて、今ではすっかり仲良しになっちゃった。えへへ。

Sランクパーティーっていうと、何だか凄く怖いイメージがあるけど、全然そんなことはなかった。

ドワーフのガザドさんはゲームと一緒で肌が緑色をしてた。私よりちょっと背が高いくらいのずんぐりした体型で、いかにもドワーフですっていう感じ。ちょっとお爺ちゃんみたいな喋り方をするのが特徴かな。元々は鍛冶職人だったんだけど、自分が作った剣の切れ味を試しているうちに、気が付いたら剣士になってたんだって。

獣人のヴィルナさんは、肌が浅黒くて薄紫《うす》の髪を持つスタイル抜群の女性剣士だ。ちょっと男の人っぽい喋り方をするんで、歌劇の男役の人みたい。でも可愛《かわい》いものには弱いらしく、ノアールと遊んでると、しっぽが毎回激しく動いてる。顔は無表情だけどしっぽだけはブンブン振り回してるから、きっと凄く楽しいんだろうね。

あのしっぽ、今度モフらせてくれないかなぁ。ダメかなぁ。

エルフのナルルースさんは、スライム博士のカリンさんと似ている。似ているといっても、性格じゃなくて、ちょっと巫女さん風な服とか古風な喋り方なんだけど。

唯一の人族であるシモンさんは、フランクさんの弟子《でし》に当たる人だ。だけど、なんていうか……。あのフランクさんの弟子とは思えないくらい、凄く常識的な人だった。パーティーの他のメンバーが濃い分、皆の仲を調整している苦労人って感じ。

アルゴさんによると、フランクさんの弟子になると、色々と精神的に鍛《きた》えられるんだって。

う～ん。確かに納得できるかもしれない。

でも、エリュシアオンラインのプレイヤーらしき人は一人もいなかった。ちょっと……ううん。かなり期待していたんだけどな……。

はぁ……。

冒険者たちは、騎士団と協力しながら魔《ま》の森《もり》で魔物を討伐していた。魔物の数は日に日に増えているらしく、変異種も増えてきているとのこと。

魔物の王が現れるのも時間の問題だろう。

そして――

ついに、その日がやって来た。

◇　◇　◇　◇　◇

最初の知らせは、ウルグ獣王国に近いキリスの砦から魔鳥が運んで来た。

魔物の王、出現。

変異種から特異種に進化した魔物は――ゴブリンだった。

「よう。嬢《じょう》ちゃん、ノアールの様子はどうだ？」

知らせを受けて騒然とする砦の中、フランクさんが私のところまでやって来た。

「今のところ、いつもと変わらないです。ルアン……も、いつも通りですね」

ちょっとだけ大きくなったルアンは、フランクさんの頭の上からつぶらな黒い瞳を向けて私を見おろしている。うん。相変わらず可愛い。

「ああ。王の出現でこいつらが狂っちまわねぇか心配だったが、今のところは大丈夫みてぇだな」

「はい。良かったです」

「だが安心はするなよ？　近くに行ったらどうなるか分からねぇ」

フランクさんは、覚悟だけはしておけ、と、今まで何回も言った言葉を口にする。今までずっと私に言っていたその言葉が、自分にも言い聞かせてるような響きに聞こえてしまうのは、私の気のせいかな……。

「ちっ。まったく、こんなにほだされるとは、思ってもみなかったぜ」

「私は分かってましたよ？　だってフランクさん、優しいもん」

にっこり笑って言うと、フランクさんが私の頭をくしゃくしゃと撫でる。

もーっ。いつも言ってるけど、もう少し優しく撫でてくださーい。

「ちびっこが生意気言ってんじぇねぇ」

「ちびっこじゃないもん！」

抗議した時に、フランクさんの耳がちょっぴり赤くなってるのに気がついた。

あれ？　もしかして優しいって言われて照れてる？

ふふっ。私、精神的には大人《おとな》ですからね。最近ちょっと自信がなくなってきたような気もするけど、大人ですからね～。

大人なんで、ここは触れないでおいてあげますね。

ふふ～ん。私って、おっとなだも～ん。

「まあ、でもゴブリンキングってことは、他の王よりはちったぁマシだな」

魔の氾濫で一番よく現れるのがゴブリンキングって聞いたけど、魔物の王の中ではそれほど強いタイプの王じゃないから、倒すのにそれほど苦労はしないらしい。もちろん、油断は禁物だけど。

「ダークパンサーの王じゃなくて、良かったな」

「はいっ」

フランクさんがまた頭をくしゃくしゃと撫でる。

「ホーンラビットの王でもなくて良かったですね」

「……ホーンラビットの王ってのは、聞いたことがねぇな。王になっても、せいぜいこんくらいじゃねぇか？」

フランクさんが両手でバスケットボールくらいの大きさを表す。

「それだと、すぐに倒せちゃいそうですよね」

「それもそうだな」

「ルアンはやっつけないから安心してね」

「きゅう」

フランクさんの頭の上でルアンが安心したように丸まった。

ノアールといいルアンといい、従魔になった子って言葉が分かるんじゃないのかなぁ。

「向こうについたら嬢ちゃんにはエリア・プロテクト・シールドをかけてもらうだろうが、全員にかかんのか？」

「やってみないと分からないですけど……。対象を、騎士の皆さんと冒険者の皆さん、で指定したら大丈夫じゃないかなぁと……」

「ああ。戦うのはそれくれぇかな」

「あとは三十分おきにかけ直して、余裕があったら攻撃する予定です」

実際に魔物の王と戦うことになった時、どうすれば皆の力になれるのかを、今までずっと考えてきた。

できれば誰一人死んで欲しくない。その為にはどうすればいいのか、って。

MPポーションのガブ飲みを前提で、エリア・プロテクト・シールドをかけて定期的にエリア・ヒールをする、というのも考えたんだけど、それは目立ちすぎるからってアルゴさんに却下されちゃいました。

あんまり目立つと、怖い人にさらわれるかもしれないんだって……。

怖い人って誰だろう……。

「攻撃よりも、団長の回復を頼む。俺は下がって来た奴らの回復に専念してぇ」

「はい」

「準備ができ次第出発するから、その前に呼びにくるわ」

「分かりました！」

フランクさんを見送って、私は足元で大人しくしていたノアールを抱き上げた。

「ノアール……一緒にがんばろうね」

「にゃん！」

手も足も震えてるけど……。

でも、皆と一緒にゴブリンキングを倒そうね！

◇　◇　◇　◇　◇

イゼル砦から伸びた長い長い列が、一路キリス砦へと向かっていた。

騎士が、冒険者たちが、魔物の王を倒すべく、キリス砦へと向かっているのだ。

私もアルゴさんの馬に乗せてもらって、その列の先頭集団の中にいた。

前を走るのは、金の髪をなびかせて、険しい顔をしているレオンさんだ。少し後ろには灰色のローブを着たセリーナさんがいる。

今回、私は、レオンさん、アルゴさん、アマンダさん、ゲオルグさんの四人とパーティーを組むことになった。いざという時に、ヒール・ウィンドで一度に回復するためだ。

猫のポシェットにMPポーションはたくさん入ってるし……。

た……多分、これで大丈夫。

あのアルゴさんも口を引き結んで、軽口を叩くこともなく馬を駆けさせている。

誰もがいち早く魔物の王と戦っているキリス砦の騎士たちを助けに行こうと、必死なのだ。

魔の氾濫――

ずっと話に聞いていたそれは。

ずっと話に聞いていた、魔物の王とは。

一体どんなものなのだろう……。

震える手をごまかすために、腕の中のノアールをぎゅっと抱きしめる。

ノアールもいつもなら鳴いて甘えるのに、この異様な雰囲気の中、ただ体をすり寄せるだけだった。

本当は、ノアールを連れて来たくなかったんだけど。

でも置いて行こうとしたら盛大に抗議されて、ワンピースに爪まで立ててしがみつかれてしまった。

フランクさんも同じ状態で、思わず顔を見合わせて肩をすくめるしかなかった。

お願いだよ、ノアール。

魔物の王に会っても、変わらないで……！

休憩《きゅうけい》する間もなく、ただひたすらにキリス砦へと向かう。

途中でアルゴさんが魔鳥を受け取って紙を読んでは、微妙に進路を調整していた。

ゴブリンキングとその群れは、魔の森に近い村を一つ飲み込み、次の村へと進軍しているのだそうだ。

それに呼応するように各地の魔物が活性化して、村々を襲《おそ》っているらしい。だからイゼル砦に集まった戦力も、魔物の王へ向かう者と、残ってイゼル砦周辺の魔物の討伐をする者に分かれている。

キリス砦へ向かう途中でも魔物の群れに遭遇《そうぐう》したけど、対処する騎士たちを残してそのまま進軍する。


そうしてたどり着いたその先で、大地が赤く黒くうねっていた。

それは数千、いや数万の、大量のゴブリンの群れだった。

◇　◇　◇　◇　◇

「ミッションウィンドウ・オープン」

琥珀《こはく》の珠《たま》がきらめく杖を高く掲げる。目の前には、数えきれないほどのゴブリンの群れ。

「魔物と戦う、全ての騎士と冒険者。それに私とノアールとルアンに、エリア・プロテクト・シールド！」

声を張り上げて詠唱すると、すぐにエリーの声が聞こえた。

《エリア・プロテクト・シールド発動しました。範囲内の対象者全員に物理防御。成功しました。カウントダウン開始します。残り時間三十分。二十九分五十九秒、五十八、五十七……》

エリア・プロテクト・シールドを詠唱すると、赤い小さな盾が皆の周りに浮かぶ。ゴブリンの群れの向こうにいるキリス砦の皆にもかかっているかどうか分からないけど、今は確認でき

ないから仕方ない。

無事に魔法がかかってることを祈りますね！

「我、身に宿《やど》りし炎の力の具現を願う。我が剣に、まとえよ炎！」

「我、身に宿りし風の力の具現を願う。我が剣に、まとえよ風！」

「我、身に宿りし水の力の具現を願う。我が剣に、まとえよ水！」

「我、身に宿りし雷の力の具現を願う。我が剣に、まとえよ雷！」

「我、身に宿りし土の力の具現を願う。我が剣に、まとえよ土！」

至るところで、剣に魔法をかける詠唱が聞こえた。

《スキル・魔法剣発動しました。水属性が剣に付与されました》
《スキル・魔法剣発動しました。炎属性が剣に付与されました》

「我、身に宿りし風と炎の力の具現を願う。我が剣に、まとえよ風炎《ふうえん》！」

レオンさんは、なんと炎と風の力を同時に剣にかけていた。

掲げた剣から伸びる炎が天を衝《つ》くほどに高く伸びている。

《スキル・魔法剣発動しました。風属性、炎属性が剣に付与されました》

おおおお。

風と炎のダブル効果で、凄い勢いで剣から炎が噴き出してるよ！

これって多分、レオンさんしかできない魔法剣なんだろうなぁ。さすが英雄としか言いようがない。

そして騎士たちが一斉に剣を掲げて。

「行くぞ！」

剣に風と炎をまとわせたレオンさんの号令で、騎士と冒険者さんたちは馬に乗ったまま、一斉にゴブリンへと向かった。

赤黒いゴブリンの群れの中へ銀色の矢が放たれたかのように、騎士たちがゴブリンへと向かっていく。

騎乗した騎士たちが、ゴブリンを馬で蹴散らし、剣で斬る。ゴブリンはすぐに倒れるけれど、別のゴブリンがまた襲ってくる。

やがて銀の鎧《よろい》がゴブリンの群れと混ざり、前へ前へと進んでいた。

私はパーティーの皆からは少し離れたところで、今度はゲオルグさんの馬の前に乗せられていた。ノアールは私が乗る馬の下で、ゲオルグさんと共にゴブリンが襲ってくるのを防いでいた。

ここまで馬に乗せてくれたアルゴさんはと見渡せば、レオンさんと並んでゴブリンキングの下まで向かおうと道を切り開いていた。

レオンさんの剣は風と炎をまとっているからか、一振りする度に周りのゴブリンが一斉になぎ倒されてゆく。

でもゴブリンの数が多すぎて、思うように先に進まないみたい。

「虚空《こくう》より生まれ出し風よ。幾多の鋭い槍となりて、目の前の敵を滅せよ。ウィンド・ランス！」

少し離れたところから、セリーナさんの声が聞こえた。風の中級魔法で、一気にゴブリンを倒していく。

その後ろからはまた別の魔法使いの詠唱が聞こえた。

「空を駆け抜ける大いなる風よ、鋭い矢となり、目の前の敵を刻みたまえ。ウィンド・アロー」

魔法によってバタバタと倒れてゆくゴブリン。でもその屍《しかばね》を、別のゴブリンが何事もなかったかのように踏み越えて前へと進む。

倒しても倒しても、無数のゴブリンが魔の森のほうから湧いてくるのだ。

その先に、普通のゴブリンの何倍もの大きさの、ゴブリンキングが見えた。

あれが……ゴブリンキング。

魔の氾濫で生まれた魔物の王。

その赤黒い肌は隆起した筋肉に覆われ、頭には茨《いばら》の冠《かんむり》が載っていた。

「ガアアアアァァァァァァ」

ゴブリンキングが吠える度に、周りのゴブリンたちも呼応して勢いを取り戻す。倒しても倒しても、ゴブリンの数が減っているようには思えなかった。

そのゴブリンキングの咆哮《ほうこう》に、ノアールが少しも反応しなかったのに安心する。

良かった……

本当に良かった……！

でもレオンさんたちはゴブリンの壁に阻《はば》まれて、まだゴブリンキングの下まで辿りつけていない。

このままじゃ、らちがあかない！

「ゴブリンにファイアー・ボール」

《スキル・ファイアー・ボール発動しました。命中。ダメージ率１００。ゴブリン、消滅しました》

私も加勢して、レオンさんたちの邪魔をするゴブリンに攻撃魔法を撃つ。アマンダさんが一瞬こっちを振り向いたみたいだけど、すぐに顔を戻した。

「ゴブリンにファイアー・ボール」

《スキル・ファイアー・ボール発動しました。命中。ダメージ率100。ゴブリン、消滅しました》

「ゴブリンにファイアー・ボール」

《スキル・ファイアー・ボール発動しました。命中。ダメージ率100。ゴブリン、消滅しました》

「ゴブリンにファイアー・ボール」

《スキル・ファイアー・ボール発動しました。命中。ダメージ率100。ゴブリン、消滅しました》

もうっ。倒しても倒してもキリがないっ。

レオンさんたちもまだゴブリンキングの下まで辿りついていないみたい。それにたとえ弱いゴブリンが相手といっても、あれだけの数を相手にしているから、全くの無傷というわけではなさそうだ。

「ヒール・ウィンド」

《パーティーメンバーにヒール・ウィンド。……全員回復しました》
よしっ。じゃあ後はあの辺のゴブリンをまとめてやっつければいいよね。
「レオンさんの邪魔をするゴブリンにファイアー・クラッシュ！」
倒しても倒しても減らないゴブリンに、思い切って中級魔法を唱えてみる。
《スキル・ファイアー・クラッシュ発動しました》
エリーのアナウンスと共に、広範囲に炎が舞い、さらに風がその威力を煽った。
ゴオオオオォォォォオオ。
あれ……？
《命中。ダメージ率100。範囲内のゴブリン、殲滅《せんめつ》しました》
お……思ったよりも威力が高かったようです……ね……？
気のせいか、ゴブリン半分くらいに減った？
視線を感じて上を見上げると、ゲオルグさんがびっくりした顔で私を見ていた。

「え……えへ？」

ここは必殺、笑ってごまかせ！

そして今のうちに、MPポーションを飲んでMP回復です！

あ、そうだ。今のうちにステータスをちょっと見てみようかな。さっきの攻撃で少しレベルが上がってるかも。

ユーリ・クジョウ。八歳。賢者《けんじゃ》Lv.20
HP　270
MP　315
所持スキル　魔法　100
　　　　　　回復　100
　　　　　　錬金　100
　　　　　　従魔　27
称号
　魔法を極めし者
　回復を極めし者
　異世界よりのはぐれ人

幸運を招く少女

す……凄い！　レベルが10も上がって、20になってる！

あれかな。さっきの魔法と、あとレオンさんたちとパーティー組んでるから、それで経験値いっぱいもらってるのかな。それにしてもＭＰの増え方がハンパない。

詳しい説明を見るには、ウィンドウの下の矢印をタップして、っと。

使用可能スキル
《雷属性》　サンダー・アロー　サンダー・ランス　（裁きの雷）
《風属性》　ウィンド・アロー　ウィンド・ランス　（破壊の竜巻）
《火属性》　ファイアー・ボール　ファイアー・クラッシュ　（紅蓮《ぐれん》の炎）
《水属性》　ウォーター・ボール　ウォーター・クラッシュ　（蒼き奔流《ほんりゅう》）
《土属性》　ロック・フォール　アース・クエイク　（殲滅の隕石）

《従魔》　状態管理

《回復》　ヒール　（エクストラ・ヒール）
《範囲回復》　ヒール・ウィンド

《状態異常回復》　キュア
《補助》　プロテクト・シールド
　　　　　マジック・シールド
《エリア魔法》　エリア・ヒール
　　　　　　　　エリア・プロテクト・シールド
　　　　　　　　エリア・マジック・シールド

ん……？　従魔の『状態管理』って何だろ？

「状態管理」

小さい声で呟くと、ミッションウィンドウの下の方、パーティーメンバーの名前の下にもう一つの名前が現れる。

ノアール!?

そして何と！

なんとなんと！

ゲームでおなじみの、赤いＨＰバーと青いＭＰバーがノアールの名前の隣にありました！

おおおおお。

これがあると、ＨＰ管理が凄く楽になる〜！　他のパーティーメンバーのＨＰバーも見られればいいのになぁ。

あ、ノアールには一応ヒールをかけておこう。

「ノアールにヒール」

銀色の光がノアールへと降り注ぐ。

《対象従魔・ノアールにヒールを飛ばします。……回復しました》

「にゃんっ」

ヒールが嬉しいのか、ノアールが大きな声で鳴いた。

《エリア・プロテクト・シールド。残り時間一分三十秒》

あ、そうだ。そろそろエリア・プロテクト・シールドが切れるから、重ねがけしておかなくちゃ。

「魔物と戦う、全ての騎士と冒険者。そして私とノアールとルアンに、エリア・プロテクト・シールド」

《エリア・プロテクト・シールド発動しました。範囲内の対象者全員に物理防御。成功しました。カウントダウン開始します。残り時間三十分。二十九分五十九秒、五十八、五十七……》

ゴブリンの数も少し減ったし、これでレオンさんたちがゴブリンキングまで辿りつけるんじゃないかな。

そう思った矢先。

「ワーウルフの群れが来たぞ！」

左側でゴブリンの群れを倒していた冒険者が叫んだ。

はっと振り返ると、そこにはワーウルフの群れと、その後ろにはダークパンサーの群れがいる。

「う……嘘……」

せっかく減った分が更に増えちゃうなんて、なんてハードモードなの!?

第十八章 魔の氾濫の終焉

ゴブリンと違い、ワーウルフとダークパンサーの戦闘力は高い。その二種の加勢により騎士と冒険者たちは押され気味になっていた。

それに伴って、怪我をする者も増えてきている。

「ヒール・ウィンド！」

「癒《いや》しの風よ汝《なんじ》に集《つど》え、グレースにヒール！」

さっきまでは拳でゴブリンを叩きのめしていたフランクさんも、私の隣でヒールに専念するようになった。その周りをアマンダさんたち騎士が護衛してくれている。

「怪我をしたものは後ろに下がれ！」

レオンさんがよく通る声で叫ぶ。

ワーウルフとダークパンサーの出現で怪我をする人たちが増えて、そろそろ私とフランクさんだけではヒールをするのも限界が見えてきた。

元々、騎士たちの後ろには神官たちが控えていて、そこで負傷者はヒールしてもらうようになっていた。

でも今までは目立った怪我をした人に、私とフランクさんでヒールしていたのだ。その結果、騎士さんたちはそのまま戦い続けられたけれど、後方に下がるとなると、その分戦力が落ちる。

それにゴブリン相手なら、プロテクト・シールドがかかっている状態ならそれほど大きなダメージは受けない。

でもワーウルフや、特にダークパンサーから受けるダメージはかなり大きく、ヒールを飛ばす回数も増えてきて追いつかなくなってきた。

私もフランクさんもＭＰポーションを飲みまくりながら回復しているけど、それでも回復しきれない人が出て来たのだ。

「押されてんなぁ」

「数が、凄《すご》いですもんね……」

「癒しの風よ汝に集え、ダリウスにヒール！」

さすがに騎士さんたち全部の名前は覚えていないので、イゼル砦の騎士の回復はフランクさんに任せっきりになっている。

「まあ、魔《ま》の氾濫《はんらん》なんてもんは、こんなもんだけどな。今回はゴブリンキングだし、英雄はいるし。おまけにちびっこの賢者《けんじゃ》までいるんだ。楽勝だぜ」

「だといいんですけど……ルクレチアさんにヒール！　レオンさんにヒール！　アルゴさんにヒール！」

会話の間にもヒールをしてＭＰポーションを飲む。フランクさんにも私が持っていたＭＰポーションを渡してあるし、ヒールの消費MPも教えてあげたから、二人ともMP管理はばっちりだ。

「それにしても、あいつら強ぇな」

フランクさんの視線の先に、フランクさんの後輩のシモンさんたちのパーティー『黎明《れいめい》の探求者』が見える。

冒険者さんたちは日頃から魔物を倒しているからか、ワーウルフやダークパンサーを手堅く倒していっている。その中でもシモンさんのパーティーの強さは、見て分かるほどに際立っていた。

ドワーフのガザドさんは大剣でゴブリンをなぎ倒し、獣人のヴィルナさんはそれより細い剣を高速で操って敵を倒している。エルフのナルルースさんは二人の後ろで魔法を放って、その横でシモンさんが回復をしている。とてもバランスの取れたパーティーだ。

さすがにSランクのパーティーは違うなぁ。

「ヒール飛ばしも、できてますね」

「ああ、教えてやったからな」

なぜかヒール飛ばしができるようになるためには、一度パーティーを組んだ状態で練習しないとダメだった。だから教えたってことは、フランクさんがシモンさんとパーティー組んだのよね。

ってことは、フランクさんが「パーティー組んでください、お願いします」ってやったのかな……。

想像して笑いそうになったけど、そんな場合じゃないのでがんばって笑いをこらえた。

その間にも、戦況は一進一退の攻防を続けている。

ゴブリンキングの咆哮《ほうこう》は『鼓舞《こぶ》』というスキルを使っているらしく、咆哮が聞こえる度に、魔物たちの攻撃が激しくなっていった。

レオンさんたちも何とかキングの下まで行こうとしているけど、ゴブリンの群れに加えてワーウルフとダークパンサーの群れまで増えてしまって、ほとんど足止めされてしまっている。

さっきまではあんなに優勢だったのに、今はじわじわと魔物の群れに押されている。

このままじゃ、一旦後退して、また態勢を立て直すしかなくなるのかな。

でも、人には休息が必要だけど、魔物にはどうなんだろう。

必要ないとしたら、このまま不眠不休でゴブリンキングは進軍していくの？

村を、街を、人を飲み込んで……。

でも、どうしてゴブリンキングは森から出て人を襲《おそ》うの？

なぜ魔の氾濫が起きて、魔物の王が生まれるの？

一度、疑問に思ってフランクさんに聞いてみたら、「それは神が人を試しているからだ」って言ってた。

試すって、何？

この世界には本当に神様がいて、その神様がこの世界が存続するのにふさわしいかどうかを判断する為に、人に試練を与えてるって言うの？

でも、なぜ試されないといけないの？

分からない……。

この世界の人たちは、生まれた時から世界はそういうものだと思ってるから疑問に思わないのかもしれないけど、私にはそれが自然の摂理だなんて思えない。

だけど、何が原因でこんな現象が繰り返されているのかも、分からない。

神様が決めたの……？

本当に……？

じゃあ、その神様はどこにいて、今何をしているの？

「ユーリちゃんっ！」

つい考えこんでしまって、反応が遅れた。

ゲオルグさんの声にハッと目を上げると、目の前に牙をむくダークパンサーが迫っていた。

噛まれるっ！

目をぎゅっと閉じて痛みを覚悟したけど、予想した衝撃はこなかった。

「みぎゃあああああ」

恐る恐る目を開けると、ノアールが小さな体でダークパンサーの喉笛《のど》に噛みついていた。

ダークパンサーはノアールを振り払おうと、首を激しく振る。

でも、噛みついたノアールは振り落とされまいと、必死にしがみついていた。

「ノアール！」

ダークパンサーが前足を振り上げて噛みついているノアールを叩き落とした。

「ノアアアアール！」

小さな黒い体が弧を描いて、地に落ちる。

ポトリ。

一切の音が消えたその中で、ノアールの落ちた音だけが聞こえた。

小さな体がゴブリンの群れの中に消える。

私は咄嗟にミッションウィンドウを確認した。

大丈夫、まだノアールのＨＰは消えてない。

「ノアールにヒール！」

《対象従魔・ノアールにヒールを飛ばします。……回復しました》

でもあそこから助けださないと、あんなに小さな体はあっという間にゴブリンに踏みつぶされてしまう。

そう思った瞬間、ノアールの落ちた場所から眩《まぶ》しいほどの光があふれた。

な……何!?

そして、その光が収まったそこには。

「みぎゃあああああああああうぅぅぅぅ」

え……。

ノ……ノアール……？

そこには巨大化したノアールの姿があった。

ちょ、ちょっと待って。なんだか、普通のダークパンサーより大きくなってない……？

「ぎゃるるるうぅぅぅぅぅぅ」

一際大きく唸《うな》り声を上げたノアールは、そのまま私に襲い掛かろうとしていたダークパンサーに向かって飛び掛かる。

二匹はそのまま絡み合って、ごろごろとゴブリンの上を転がっていった。

二匹のそっくりなダークパンサーが互いの喉笛を狙って襲い掛かる。

いや、よく見るとノアールが青い瞳なのに対して、もう一匹のダークパンサーの目は黄色だ。

背中を丸めたノアールが、次の瞬間、大きく飛び上がる。

もう一匹のダークパンサーも、大地を後ろ足で蹴り上げる。

空中で、二匹のダークパンサーが交差した。

一匹はそのまま地に落ちた。

そしてもう一匹は。

「みぎゃあああああぁぁぁぁうぅう」

地面に降りたち、咆哮を上げる。

すると、人に襲い掛かっていた他のダークパンサーたちの動きが止まった。

「ぎゃるるるるるるぅぅぅぅ」

次の咆哮で、ダークパンサーたちは身を翻《ひるがえ》して仲間であったはずの魔物へと牙を向ける。

え……？　ええ……？　これって、どういうこと？

あっけに取られる私とは違い、騎士さんと冒険者さんたちの対応は早かった。

「この機を捉えろ！　一気に行くぞ！」

レオンさんの声におお！　と鬨《とき》の声が上がる。

その声を背に、レオンさんたちは、一気にゴブリンキングへと向かっていく。

そうだ。ぼーっとしている暇なんてない。今はただ、ゴブリンキングを倒すことだけを考えよう！

「魔物と戦う、全ての騎士と冒険者と私とノアールとルアンに、エリア・プロテクト・シールド」

切れかかったエリア・プロテクト・シールドをかけ直してから、ＭＰポーションを飲む。

少しでもレオンさんたちの助けになるように、私もここから魔法で攻撃してみよう。

ＭＰはばっちり。

後は届くかどうか。

「ゴブリンキングにサンダー・ランス！」

《スキル・サンダー・ランス発動しました。対象・ゴブリンキング》

空から無数の雷の槍が、ゴブリンキングへと降り注ぐ。中級魔法のサンダー・ランスだけど、この勢いならもしかして――

「やった……!?」

《命中。ダメージ率30》

雷の槍から放たれた光が収まっても、まだそこにゴブリンキングは立っていた。

命中しても、ダメージがたったの三十パーセント?

もうっ。ゴブリンキングにマジック・シールドでもかかってるのかな。っていうか、ボスモンスターだから、こんな中級魔法一発じゃ仕留められないってこと?

いや、でもまだ諦めない。ダメージが三十パーセントなら、四回攻撃すれば倒れるはず!

そう思ってもう一度魔法を詠唱しようとすると、ゴブリンキングがゆっくりと首を巡らせて私を見た。

あ!

そういえばファーストアタックしちゃったら、ヘイト取っちゃうじゃない!

ゲームでは最初に攻撃した者に、モンスターの攻撃が集中する。それを利用して、わざと盾役の剣士さんとかがファーストアタックするんだけども……。
なんだか、気のせいじゃなければ……こっち、ガン見してるような……。
うきゃぁぁぁぁぁぁ。
ゆっくりとゴブリンキングが進路を変えた。
いやあああ。こっち来るうううううう。
「ゴブリンキングにサンダー・ランス!」
《スキル・サンダー・ランス発動しました。対象・ゴブリンキング。命中。ダメージ率30》
よしっ。後二回で倒せるはず!
でも私にとって幸いなことに、その進路の先にはレオンさんとアルゴさんがいた。
ひらりとレオンさんが飛び上がる。
その剣先から風と炎が舞って、ゴブリンキングの胴を抉《えぐ》った。
《スキル・風炎烈斬《ふうえんれつざん》、発動しました。対象・ゴブリンキング。命中。ダメージ率20》
「ウガアアアア」
レオンさんの攻撃が効いたらしく、ゴブリンキングがうめき声を上げる。

アルゴさんの、アマンダさんの、そしてイゼル砦の騎士さんたちの剣が、ゴブリンキングの体に斬りかかる。

《スキル・水流一閃《いっせん》、発動しました。対象・ゴブリンキング。命中。ダメージ率8》

《スキル・炎刃両断、発動しました。対象・ゴブリンキング。命中。ダメージ率8》

「アルゴさんにヒール、レオンさんにヒール!」

「癒しの風よ汝に集え、ジェイコブにヒール、癒しの風よ汝に集え、スタンにヒール、癒しの風よ汝に集え、ランスリーにヒール!」

私とフランクさんでヒールを詠唱して、皆を回復する。

ダメージを気にすることなく戦い続けられるレオンさんたちは、次々とゴブリンキングに攻撃を仕掛ける。

そのうちにキリス砦《とりで》の騎士さんたちも合流し、ゴブリンキングの周りのゴブリンを一掃していった。

やがて、長いような短いような時が過ぎ……。

《スキル・風炎烈斬、発動しました。対象・ゴブリンキング。命中。ダメージ率20》

「ウガアアアアァァァァァァア……」

エリーがレオンさんのスキルの発動を知らせた直後、遂に、ゴブリンキングが大地へと倒れ伏した。

《ゴブリンキング、消滅しました》

「ゴブリンキングを倒したぞおおおおおおおお！」

「うおおおおおおおおお！」

「レオンハルト様が倒されたぞおおおおお」

「レオンハルト様ばんざい！」

「英雄ばんざい！」

「英雄ばんざい！」

地面が揺《ゆ》れるかと思うほどの歓声が沸き起こる。

そこにレオンさんが風と炎をまとった剣を、天高く掲げた。

「諸君！　ゴブリンキングは倒された。今この時より、魔の氾濫の終焉《しゅうえん》を宣言する！　だが、統率を欠くとはいえ、まだ魔物の脅威は去ってはいない。気を緩《ゆる》めずに魔物の殲滅《せんめつ》にあたれ！」

再び凄い歓声が沸き起こり、残りの魔物の殲滅が始まった。

それまで統率されていた動きをしていた魔物たちは、王を失って右往左往している。魔《ま》の森《もり》へと逃げる魔物も多かった。

「深追いはするな！　残っている魔物を倒せ！」

レオンさんの指示に、魔の森へと魔物を追いかけようとしていた騎士と冒険者の一団が立ち止まる。

そして私は……大きくなったノアールの前にいた。

◇　◇　◇　◇　◇

「ノアール……なんでそんな姿に……」

普通のダークパンサーより一回り大きい姿に、違和感を覚える。

ノアールと一緒に戦っていたダークパンサーたちの群れは、ゴブリンキングが倒されるといつの間にか魔の森へと帰ってしまっていた。

確かに目の前の子はノアールだけど……ノアールだけど……。

分かってるけど……。

でも……。

「みぎゃぁ……」

ノアールが寂しそうにうなだれて鳴く。

「ユーリちゃん……」

いつの間にかそばに来たアルゴさんが心配そうに声をかけてくれる。

「ノアール、なんで……」

でも、この悲しみはアルゴさんには癒せない。

「なんで、大きくなっちゃったのおおおおおお」

「え？　問題なの、そこ？」

そこ、って当然じゃないですか！

「だって、せっかく子猫だったんですよ？　普通は大人《おとな》になるまで、もうちょっと時間がかかるじゃないですか！　そりゃあ、いつかは大人になるって覚悟はしてましたよ。成長は喜ばしいことだし。だけどだけど、こんなにすぐに大きくなるなんて思わないじゃないですか！　今のノアールも可愛《かわい》いけど、でも、もーちょっと子猫の時期を満喫したかったんですううううう」

「ごめん。僕はもう少しシリアスな展開になるかと思ってたよ……」

脱力したようにアルゴさんが呟く。

「シリアスっていうか、私にとっては悲劇ですうううううう」

その時。

「にゃあ」

変わらず可愛らしい声が聞こえた。

はっと目を上げると、そこには子猫のノアールが！

「ノアール、ちっちゃくなれるの!?」

「にゃあん」

「のああああうううう。大きくても可愛いけど、でもやっぱりちっちゃいほうが可愛いよおおおおお」

「にゃああん」

駆け寄って来たノアールを思いっきり抱きしめて、私はこれで魔の氾濫が終わったのだと、安心して笑った。


ゴブリンキングを倒し、集まっていた魔物を一掃した後は、とりあえずキリス砦に泊まって、翌日イゼル砦に戻ることになった。

人も馬も怪我をしたり疲れたりしていて、そのまま帰ることができなかったからである。

キリス砦はイゼル砦とそう変わらない造りの砦で、私たちが到着すると、大歓声で迎えられた。

砦の中に全員入るのは無理なんで、外にテントを張ってもらって、私たちはそこで休むことになった。

でもすぐに砦の厨房から大量のお酒と食料が運び込まれ、テントの周りは飲めや歌えやのお祭り騒ぎのようだった。

レオンさんとアルゴさんは、キリス砦の責任者の人たちとの会議があるらしく、私はゲオルグさんとアマンダさんと一緒に目の前のご馳走に舌鼓《したつづみ》を打っている。

「これ、おいし～。何のお肉だろ」

何かの肉の煮込みを食べてみたら、トマトソースっぽい味付けで凄くおいしかった。実はトマトはこの辺りの特産品で、おいしいトマトがたくさん採れるんだって。

「ああ、ホーンラビットじゃないかしらね？」

「あ～。……なるほどぉ」

ごめん、ルアン、あなたの仲間をまたおいしく頂いちゃいました……。

「それにしても、ノアールちゃんが特異種だったなんてねぇ」

あの後アルゴさんに、もしかしたらノアールは変異種で、なおかつ特異種なんじゃないかって言われてしまった。

なんで変異種かっていうと、ダークパンサーの目は普通は黄色いんだけど、ノアールだけ青かったから。

変異種って普通は体の色が違ってることが多いし、貴族向けの愛玩動物として改良されている魔物の子供は大きくなると目の色を変えることもあるから、今まで気づかなかったみたい。

それで予想だけど、本来はノアールが魔物の王となるはずが私に懐いて進化しなかったんで、その代わりにゴブリンキングが生まれたんじゃないかって。

そうじゃないと、ノアールが進化した後、急にダークパンサーの群れがノアールの言うことを聞いたことの説明がつかないって。

実は私もそれには予想がついたというか……。

いや、だって、またレベルアップしたかな～と思ってステータスを見てみたら……。

ユーリ・クジョウ。八歳。賢者Lv.26
HP　306
MP　375
所持スキル　魔法　100
　　　　　　回復　100
　　　　　　錬金　100
　　　　　　従魔　62
称号
　魔法を極めし者
　回復を極めし者
　異世界よりのはぐれ人
　幸運を招く少女

豹王《ひょうおう》の友

パーティーを組んでたおかげで、一気にLv.26まで上がっちゃった！　わ〜い。レオンさんがゴブリンキングを倒してくれたし、ファーストアタックしたから経験値がいっぱい入ったのかな。凄く嬉しい。これでまた一歩、賢者の塔へ近づいたかも。

って、そうじゃなくて、問題は称号のところ。

『豹王の友』の豹王って、やっぱりどう考えてもノアールのことだよね。

つまり、ノアールは豹の王ということで。

それって、魔物の王、と同じ意味なんじゃないかなぁ。

それに大きくなったノアールは他のダークパンサーよりもかなり大きかったし……。

あ、そういえば、アマンダさんが、あんなに大きいなら背中に乗せてもらえるんじゃないかって言ってたから、今度、お願いしてみようかな。

「特異種でも魔物の王でも、ノアールなら大好きだよ」

きっぱり断言するとノアールが同意するかのように、にゃ〜んと鳴いた。

「可愛くて賢くて強くて、うちの子、最高です！」

「にゃんっ」

これからどうなるか分からないけど、ノアールと、そしてイゼル砦の皆がいてくれれば、きっと賢者の塔への道を見つけられるはず。

だから……。
ちびっこ賢者ユーリ、異世界でがんばります！

エピローグ　そしてこれから

The Small Sage Will Try Her Best In The Different World From Lv.1!

ゴブリンキングが倒されて一週間が経った。イゼル砦《とりで》に戻って来た私たちは、まだまだ、忙しい日々を送っている。魔《ま》の氾濫《はんらん》が終わったとはいえ、魔《ま》の森《もり》の魔物たちは増えたままだからだ。

でもそれも、しばらくすれば落ち着くだろう。

だから、そろそろ今後のことを真剣に考えなくちゃいけない。

「えーっと、確かここら辺に土の迷宮があって……。で、ここが炎の迷宮で……」

「あら、ユーリちゃん何を書いてるの？」

「あ、アマンダさんとアルゴさん、こんにちは。今、地図を描いてるんです」

食堂の広い机を借りて、賢者《けんじゃ》の塔に行くための鍵をもらえる迷宮を地図に描きこんでいたら、休憩《きゅうけい》をしにきたアマンダさんに声をかけられた。その隣にはアルゴさんもいる。

「地図……？」

ひょいと机の上を覗きこんだアマンダさんが、いぶかし気な声を上げる。

「そうなんです。多分、土の迷宮に行けば賢者の塔に行く鍵がもらえるから、落ち着いたらそこに行きたいなと思って」

「ユーリちゃんみたいな小さい子が一人で行くなんて無理よ」

「あ、でもカリンさんが一緒に行ってくれるって言ってました」

私のことは研究対象だから、ついて行くって断言してたのよね。

「カリンが行っても、全く役に立たないわね。むしろユーリちゃんと二人で迷宮に行ったら、とんでもないことをやらかしそう」

とんでもないことって……。あ、でも、私は大丈夫だけど、カリンさんは研究に夢中になると他のことに目が向かなくなるっていう心配があるのかなぁ。

「いや。ユーリちゃんがあの調子で魔法を使ったら、土の迷宮は崩壊するんじゃないかな……」

うう。確かにスライム退治の時のことを言われたら返す言葉がありません。だけどアルゴさんには、私がちゃんとあの時より成長してるってことを認めて欲しいです。

「……仕方ないわねぇ。私も一緒に行ってあげるわ」

「いいんですか？」

それは凄《すご》く嬉しいけど、でもいいのかな。アマンダさんはイゼル砦の騎士さんだから、そんなに気軽に砦から離れたりできないんじゃないのかな。

「魔の氾濫が終わった後、砦にいた騎士たちは一年間の休暇がもらえるのよ」

基本的に砦の騎士たちは二年ごとに交代するらしい。だから、実はアマンダさんたちはイゼル砦に戻ってきたばかりだったのだとか。

「ああ、それはいいね。僕も一緒に行きたいな。賢者の塔を見てみたい」

えっ。アルゴさんも来てくれるんですか？

わぁ。そしたら土の迷宮の攻略なんて、あっという間なんじゃないかな。

「にゃん、にゃにゃにゃにゃぁ」

「きゅきゅっ」

あ、ルアンが来た。ノアールはルアンと仲良しだから、近くにきたらすぐに見つけるんだよね。もちろん、ルアンはいつものようにフランクさんの頭の上にちょこんと乗っかっている。

「フランクさん、こんにちは」

「おう、嬢《じょう》ちゃん。皆で集まって相談事か？」

私が土の迷宮に行きたいと説明すると、フランクさんは顎《あご》に手を当てて考えている。

「へえ。そいつぁ、面白そうだな。ここもしばらくは暇になるし、俺もいっちょ参加するか」

「でも、ここの教会はどうするんですか？」

「シモンにでもやらせとくか。あいつもキュアで魔物を懐かせたいって言ってたし、ちょうどいいだろ」

そんな、いくら弟子《でし》とはいえ、勝手に決めちゃっていいんですか!?

「それより、なんだ、こりゃ。落書きか？」

私が描いた地図を見たフランクさんが首を傾《かし》げる。

ひっどーい、失礼な！

「どこからどう見ても立派な地図じゃないですか！」

「えっ。これが、か？」

フランクさんがうーんと唸《うな》るけど、これはちゃんとした地図です！

「これがアレス王国か。で、こっちがウルグ獣王国。……なんだこりゃ、ひでぇな」

「ひどくないです！」

一生懸命描いたのに、そんなこと言うフランクさんの方がひどいですよ。ぷんぷん。

「それで、炎の迷宮も行くのか。だったらヴィルナも誘うか？ 里帰りしたいって言ってたしな」

炎の迷宮はウルグ獣王国にあるから、そこまでは一緒に行けるってことだよね？

わ〜い、やったー！

「ぜひぜひ！」

すっごーい。そしたら、アマンダさん、アルゴさん、フランクさん、ヴィルナさんのドリームチームになるの？ 見事なまでに前衛ばっかりだけど、気にしない気にしない。

フランクさんも前衛扱いでいいよね、うん。

後衛は、賢者の私がいれば大丈夫。

よ〜し。賢者の塔の鍵を求めて、これからもちびっこだけどがんばるぞ。お〜！

特別書き下ろし番外編

スライム博士とスライム集め

The Small Sage Will Try Her Best In The Different World From Lv.1!

「小娘！　小娘はいるか！」

イゼル砦《とりで》の中にある食堂で、昼食後のお茶をゆっくり飲んでいた私は、いきなり聞こえた大声に、思わず椅子の上で飛び上がった。

「カリンさん、どうしたんですか？」

息を切らせながらやって来たのはスライム博士のカリンさんだ。スライムが大好きすぎて研究者になったという、一歩間違えばマッドサイエンティストって呼ばれるタイプの人だ。

もしかしたら、もう誰かにそう呼ばれてるかもしれないけど。

「ついに、ついに私もキュアを習得したぞ！」

両手を握りしめられてブンブンと振り回される。

すぐにお茶のカップをテーブルに置いて避難させたのは正解だった。カリンさんって、興奮してる時は全然周りを見ないから、下手したらカップを持ったままの手を振り回されてたところなのよね。

今日のお茶はジャスミンティーに似た味のおいしいハーブティーだから、こぼしちゃったら

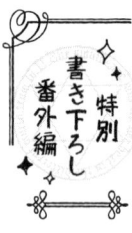

もったいない。

「良かったですね」

カリンさんは、フランクさんがキュアでルアンを懐かせることができたという話を聞いて、どうして自分がスライムを懐かせることができたのかを考えたのだそうだ。

変異種にキュアをかけると、稀《まれ》に懐くことがある。でもカリンさんはキュアを使わなかったのにスライムを懐かせることができた。それはなぜか？

カリンさんの立てた仮説はこうだ。

カリンさんのスライムは、聖水をかけたことによって透明なスライムから青いスライムに変化した。それ以前に、キュアをかけて浄化した水を与えたこともあるけど、その時にはスライムが懐く気配はなかったそうだ。

聖水というのは、極限まで浄化された水のことだ。つまり、聖水にはキュアと同じ効果があって、それで懐かせることができたのではないか、というものだ。

透明なスライムは町などの結界の中にいる限り、変化がない。スライムの日に食べられる物を与えてしまうと増えはするけど、透明なスライムのままだ。

そんなスライムが変化するのは、結界の外で何かを摂取した時になる。そしてその時に初めて摂取した物しか食べなくなるんだとか。

だからカリンさんのスライムは聖水しか飲まないらしい。

つまり、あの青い体の中の水分って全部聖水なのかなぁ。そのうち、スライムがキュアを使えるようになっちゃったり？

ダンジョンの中で発生したスライムはまた少し生態が違ってて、雑食みたい。だからダンジョンの中では、あのミミズみたいな魔虫と同じような役割をしているんだとか。つまり、お掃除屋さんだよね。

「凄《すご》いわね、カリン。神官になるには何年も修行しなくちゃなれないのに」

私の隣で優雅にお茶を飲んでいたアマンダさんが感心すると、カリンさんは少しずれた瓶底《びんぞこ》メガネをかけ直しながら首を傾《かし》げた。

「神官になどなるつもりはないぞ？」

「でもキュアを覚えたんでしょう？」

「うむ」

「キュアは神官にしか使えないんじゃないのかしら？」

「私もそう思っておったのだがな。ダメで元々と思ってフランクに教えて欲しいと頼みこんだのだよ。そうしたら、何やらフランクも色々試してみたいことがあったらしくてな。手を繋《つな》ぐ儀式をした後にキュアの練習をしたら、できるようになったのだ」

ん？　それって、パーティーを組んだら覚えられたってことかな？

エリュシアオンラインではその職業のレベルを上げたら、特定のスキルを覚えられた。でもこの世界では、誰かに教えてもらって、なおかつ適性があったら新しいスキルを覚えられるシステムになっている。

ただし神官のスキルだけは特別だ。フランクさんによると、神様に誓いを立てないと覚えられないらしい。

だから本来なら、修道女でもない私がヒールを使えるのは、この世界ではあり得ないことなんだって。もちろんカリンさんも本来はキュアを覚えられないはずだった。

そのはずだったんだけど――

「きっと私のスライムへの愛が奇跡を起こしたんだな」

「はいはい」

胸を張るカリンさんを、アマンダさんは手をひらひらと振って適当にいなす。いつものことですね、うん。そして紅茶を一口飲んで続けた。

「でも……そうね。カリンにキュアが取得できたのなら、私にもできるんじゃないかしら。後でためしてみましょう」

ここでの生活に慣れてきて、最近は二人の間でおろおろすることもなくなりました。

私、成長しましたよ！

「そういうわけで、スライムの研究をしに行くぞ！」

カリンさんはそう言って私の腕をつかんで立たせようとする。

ちょ、ちょっと待って！　まだお茶を全部飲んでないんだけど！

「にゃぎゅるるるぅ！」

カリンさんの暴挙に、ヴィルナさんのしっぽと戯《たわむ》れていたノアールがカリンさんに体当たりした。子猫の大きさだから、大したダメージにはなっていない。

でもこの間、ノアールに脅されたカリンさんは、それだけで慌てて私の腕を離した。

「ま、待て。まだ私は何もしていないぞっ」

そしてノアールから隠れるように私の後ろに回る。

カリンさんの方が大きいから、全然隠れてないけど……。

「ノアール、こんなとこで大きくなったら迷惑になっちゃうからね」

「にゃん」

良い子のお返事をしたノアールに頷《うなず》く。

前回のノアールとカリンさんの初対面の時は大変だったんだよね。今日みたいにいきなりカリンさんがノアールに突進しちゃって。それで、魔物なのに人に懐くとはどういうことだって、ノアールをつかんで手足を広げたりひっくり返したりしたから、ノアールが怒って大きくなってカリンさんを威嚇《いかく》したの。

もちろん大きくなっただけで怪我も何もさせてはいないんだけど、さすがに大きいノアールに唸《うな》られて、カリンさんは謝罪もそこそこに退散した。

それからというもの、私の……というより、ノアールのそばには近づかなくなったんだけど、キュアを覚えたから嬉しくてやって来たんだろうなぁ。

「アマンダさん、今日って何か予定がありましたっけ？」

そう聞くと、アマンダさんは「ん〜」と人差し指を唇《くちびる》に当てた。

はうっ。何気ない仕草が色っぽすぎです！

「特にないわね。ユーリちゃんが興味あるのなら、スライム狩りに行ってもいいわよ」

「私の目の前で狩りなどさせぬぞ！　小娘に狩りなどさせたら、スライムのかけらも残らぬではないか」

「うにゃっ」

私の後ろから顔を出したカリンさんだけど、大きな声に反応したノアールの鳴き声を聞いて、ぴゃっ、と声にならない声を上げてまた隠れた。

「狩りじゃなくて研究だったわね。でもどうやって研究するの？　普通のスライムを増やそうとしても、スライムの日はまだ先でしょう？」

「ふっふっふ。こんなこともあろうかと、我が家には大量のスライムをストックしておる。それを結界の外に連れて行けば研究ができるであろう」

「変異種だからといって、全部懐くわけじゃないのよ。懐かないスライムはどうするの？」

カリンさんのスライム愛からすると、野生のスライムも殺しちゃダメだって言いそうだよねぇ。

「基本的にスライムはこちらから攻撃せねば無害であろう？　家に連れ帰って研究を――」

「魔物は砦の中には入れないわよ。何のために結界があると思ってるのよ」

「む……むう。しかし、キュアを放ったスライムであれば、もしかしたら入れるかもしれぬではないか」

「……確かにそうね。その可能性は考えてなかったわ」

レオンさんと一緒に実験をした時は、懐かなかった魔物はすぐに倒しちゃったから安心だけど、もし逃げた魔物がいたとして、それが結界をすり抜けることができたとしたら問題だ。

そういう実験をする必要があるなら、私もお手伝いしなくちゃ。

「じゃあ私も一緒に行きます。アマンダさんも一緒に行ってもらえますか？」

「もちろん」

アマンダさんに二つ返事でＯＫしてもらったので、砦の外に出ても安心だよね。そんなに遠くまでは行かない予定だし。

ヴィルナさんもどうやってスライムを懐かせるのか興味があるということで、皆で門の外で実験することになった。

◇◇◇◇◇

「よし。ではここでスライムを出すぞ。このスライムを入れるポーチはな、スライムが外に出ても変異しないように小さな結界を用いておる。ほら、見てみよ。この、裏側のここにな、魔法陣を入れておるのだ。私の自信作である。凄いであろう」

「はいはい。分かったわ。それで、カリンとユーリちゃん、どっちが先にキュアをかけるの？」

平たい胸をどーんと張っていばるカリンさんに、アマンダさんは適当な相槌《あいづち》を打つ。

あ、なんだか適当にスルーされて、カリンさんが落ちこんでる。結構打たれ弱いタイプなのかもしれない。

「……では、小娘が先に手本を見せよ」

「はい。じゃあその前に、パーティーを組んでもらえますか？」

そう言ってカリンさんに手を差し出すと、その手をじっと見つめられる。

「これはフランクがしておった、けったいな儀式ではないか」

「儀式ではないですけど……握手をすると、スキルを覚えたりするみたいなんです」

「なにっ。ではすぐ握手しようではないか」

強いくらいの力で手を握られる。するとミッションウィンドウが開いた。

《ミッションウィンドウ・オープン》

「ぬおおおおおおお。なんだ、これは!? 一体、誰が喋ったのだ！ それに、目の前に半透明な枠が出て来たぞ」

「これは、ミッションウィンドウといって、パーティーを組むと見えるウィンドウなんです」

「パーティーだと？ ふうむ。あの握手がキー・アクションというわけか。なるほど、これは興味深い。しかし、フランクとパーティーを組んだ時は、このような物は出なかったぞ。となると、フランクと小娘では、そもそも魔法の形態が違うということか？　むむむ？」

考えこむカリンさんに、アマンダさんが「今日はスライムの研究でしょう？」と声をかける。

ハッと我に返ったカリンさんは瓶底メガネを指で直しながら、そうだったと頷いた。

「では小娘。今からスライムを出すゆえ、すぐにキュアをかけるのだぞ？」

「はい！」

わ〜い。私もスライムをゲットできるかなぁ。わくわく。

カリンさんがバッグからスライムを取り出す。ぽよん、と地面に置かれたスライムに、すぐにキュアをかける。

《スキル・キュア。発動しました。スライムに命中。従魔スキル発動。仲間にしますか？》

ここは、もちろん。

「はい！」

《スライムが仲間になりました。名前をつけますか？》

「えっ。な、名前!?」

そういえばノアールも名前をつけたら、その前よりもっと懐くようになったっけ。

えーっと、じゃあ、ぷるぷるしてるから、プルンでどうかな？

「あなたの名前は『プルン』だよ！」

《従魔・スライムに命名。プルン。命名により、プルンのステータスが向上しました》

おお～。なんだか分からないけど、強くなった～。

でもまだ透明なままだけど、どうすればいいんだろう。

「小娘。なにか餌《えさ》をあげるのだ」

あっ。餌が必要なの、すっかり忘れてた。どうしよう。何も持ってきてないんだけど。

えーと、えーと。スライムって確か、結界の外に出すと、最初に食べた物しか食べなくなるんだよね？

じゃあすぐに手に入るものがいいかな。うーん。何がいいかなぁ。

そうだ！

「これならいつでも手に入るよね」

そう思ってポケットの中から取り出したのは――

「ちょっ、待て！　なんだそれは!?」

スライムが餌をもらってぷるん、と震えたのと、カリンさんが叫んだのは同時だった。

「えと。アマンダさんにもらった飴です」

「貴重なスライムになぜ、飴を食べさせるのだ！」

「だって、すぐに手に入る餌の方がいいかなと思って。これならたくさんありますよ。カリンさんも一個食べますか？」

なぜかイゼル砦の皆は、私を見ると頭を撫でてハニー・ドロップっていう名前の蜂蜜《はちみつ》みたいな味のする飴をくれるから、アイテムボックスにもたくさん入ってるんだよね。甘くて凄くおいしいの！

「にゃああん。にゃあにゃあ」

でもカリンさんに飴をあげようと思ったら、足元のノアールが欲しそうに見ているのに気づく。

はっ。そういえば、ペットを飼う時は、前から飼ってる子を一番大事にしないといけなかったはず。ということは、ノアールにもこの飴をあげないと！

「ごめんね、ノアール。ノアールが一番だからね。この子は、えーと、弟分として、可愛《かわい》がってあげてね？」

「にゃにゃにゃ～ん」

飴を食べたノアールは「分かったよ」というように鳴いた。

そういえば、猫に飴ってダメなんじゃ……。でも本当は魔物だからいいのかな？　いいよね？

「にゃあにゃあにゃあ」

ぷるるん。ぷるん。

「にゃにゃっ」

ぷるるるるん。

……うん。なんだかルアンの時と同じように会話してるみたい。仲良くしてくれるみたいで良かった。

「なんと、愛らしい……」

ヴィルナさんが尻尾を凄い勢いで振り回している。普段は無表情だけど、ノアールとルアンの前だと尻尾がフリフリしてるんだよね。すっごく分かりやすい。

「ちょっと待て！　なぜダークパンサーとスライムが会話をしておるのだ。あり得ぬ。あり得ぬぞおおおおおおおおお」

そう叫ぶカリンさんの肩を、アマンダさんがポンと叩く。

「諦めなさい。ユーリちゃんの周りでは普通では理解できないことがたくさん起こるのよ。深く追及しちゃダメよ」

「むううううう。小娘っ！」

「は、はい？」

カリンさんは両手をグーの形にして宣言する。

「私はスライムだけではなく、小娘の謎《なぞ》も解明してみせる！　いいか、絶対にだぞ！」

私がエリュシアオンラインの世界になぜ来たかっていう謎を解明してくれるのなら、大歓迎

だよね。
わーい。元の世界に戻るための、強力な助っ人さんゲットだ〜。
これからよろしくお願いしますね、カリンさん！

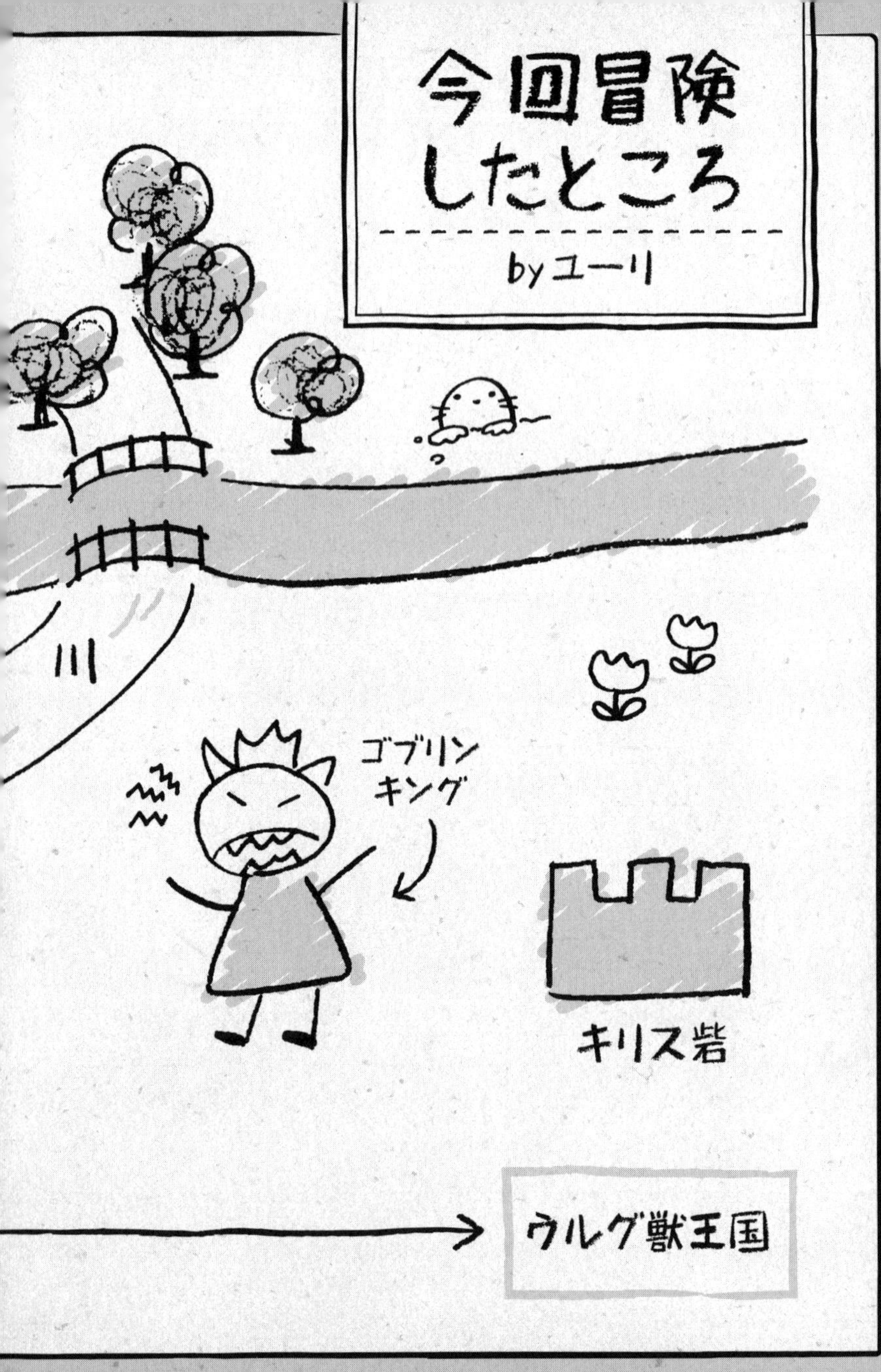
今回冒険
したところ
byユーリ
川
ゴブリン
キング
キリス砦
ウルグ獣王国

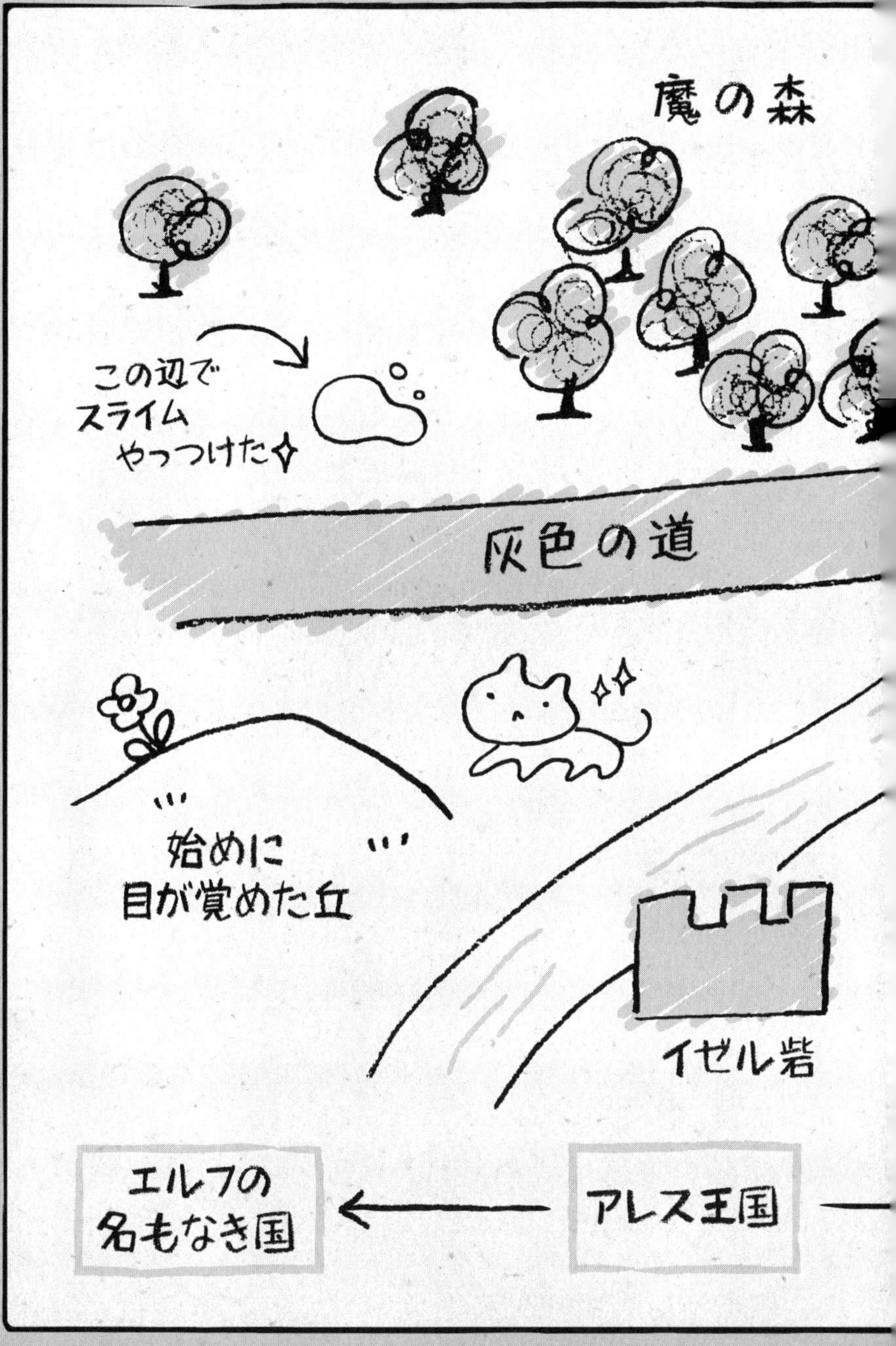

魔の森
この辺で
スライム
やっつけた
灰色の道
始めに
目が覚めた丘
イゼル砦
エルフの
名もなき国
アレス王国

あとがき

この度は、『ちびっこ賢者《けんじゃ》、Lv.1から異世界でがんばります！』を手に取って頂きまして誠にありがとうございます。

デビュー作の歴史物とは全然違うテイストの異世界ファンタジーですが、実は共通点があります。それは、我が家の娘に向けてお話を書いたということです。

さらに、このお話の主人公のユーリは八歳ですが、ちょうど下の娘がその年齢だったのでモデルにさせてもらいました。

ただ、一つだけ問題が。現実の八歳児が目の前にいると、元の世界では十九歳だったはずのユーリがどんどん幼くなってしまったのです……。

でも、体のほうに精神年齢が引きずられてしまうという設定だから大丈夫かな？

ノアールの設定は、私が飼いたい猫の理想像です。昔から黒猫が大好きなのですが、青い目の子っていないんですよね。生まれたては青い目の子も、なぜか大人になると金色の目になってしまうのです。もちろん、金色の目でも可愛《かわい》いですけども。

猫といえば、イラストを描いてくださった竹花《たけはな》ノート先生の猫耳フードが凄く可愛いですよね。最初にユーリのキャラクターデザインを見せて頂いた時、思わず「可愛い！」と叫んでしまいました。アマンダさんは綺麗《きれい》だし、アルゴさんは優しそうな美形だし、と、私が心の中で

あとがき

描いていたキャラクターを、そのままイラストにしてくださいました。

カリンさんも凄く可愛いですよね。メガネを取ったら美少女という設定なのですが、今回のお話では美少女っぷりを書いていなかったので次回でのお楽しみかなと思っていたら……。さすが竹花先生、見事にメガネをずらして美少女をアピールするという神業《かみわざ》を見せてくださいました。思わず「尊《とうと》い」って呟いてしまったのも、仕方のないことだと思います。

竹花ノート先生、素晴らしいイラストを本当にありがとうございます。

この作品は『カクヨム』と『小説家になろう』にて同時連載をしておりますが、コミックウォーカー様にて、みさき樹里《じゅり》先生によるコミカライズも決定しております。みさき先生の描かれるユーリもとっても可愛いので、皆さまぜひぜひご覧になってくださいませ。

最後に、書籍化のお声がけをしてくださり、また色々とお骨折りくださったファミ通文庫編集部の原田様に感謝申し上げます。原田様がいなければ、この本は出ませんでした。ありがとうございます。またＷｅｂの連載時にルアンの名前を考えてくださった読者の皆様もありがとうございます。当時のままにしているので、懐かしいですね。

ファミ通文庫編集部からの出版ということで、書籍化にあたりバトルシーンなどはゲームをより意識したので、Ｗｅｂ版より臨場感が出たのではないでしょうか。

ユーリの冒険はまだまだこれからも続きますので、ぜひまた次のお話で皆さまにお会いできるのを楽しみにしております。

彩戸《あやと》ゆめ

応援よろしく
お願いします!

The Small Sage
Will Try Her Best
In The Different World
From Lv.1!

ちびっこ賢者《けんじゃ》、Lv.1《レベルいち》から異世界《いせかい》でがんばります!

2018年9月29日　初版発行

著者　彩戸《あやと》ゆめ

イラスト　竹花ノート

発行者　三坂泰二

発行　株式会社KADOKAWA
〒102-8177 東京都千代田区富士見2-13-3
電話 0570-060-555(ナビダイヤル)
URL:https://www.kadokawa.co.jp/

編集企画　ファミ通文庫編集部

担当　原田秀馬

デザイン　百足屋ユウコ+豊田知嘉(ムシカゴグラフィクス)

写植・製版　株式会社オノ・エーワン

印刷　凸版印刷株式会社

[本書の内容・不良交換についてのお問い合わせ]
エンターブレイン カスタマーサポート　0570-060-555(受付時間　土日祝日を除く　12:00~17:00)
メールアドレス:support@ml.enterbrain.co.jp　※メールの場合は、商品名をご明記ください。

　ISBN978-4-04-735312-1 C0093